내가 미운 날도, 내가 애틋한 날도

내가 미운 날도, 내가 애틋한 날도

진솔 지음

STUDIO:ODR

눈먼 사랑을 찾아 헤매던 시간들
길고 힘겨웠던 헛발질들

그 모든 것이 지금의
'나를 사랑하는 나'를 만들었다.

프롤로그

책에 들어갈 원고를 쓸 때마다 단 한 사람을 떠올렸다. 지독하게 지질하고 쪽팔릴 만큼 아무것도 없어서 되레 뭐라도 가지고 있는 척, 자신감 넘치는 척하던 나. 나는 그런 나를 위해 책을 썼다.

　내 이름은 솔이다. 내 이름을 들으면 대개 사람들은 이렇게 묻는다.

　"한글 이름이에요?"

　"소나무 솔?"

　아니, 내 이름은 거느릴 솔率 자를 쓴다. 거느린다는 의미의 한자어다. 할아버지는 내가 태어날 때쯤 아빠와 함께 옥편에 코를 묻고 열심히 이름이 될 한자를 찾아 주셨고, 내 이름은 그렇게 솔이 되었다. 그리고 나는 내 이름이 '한자어'라고 말하는 순간을 좋아한다. 사람들이 의외라는 표정을 짓는 순간만큼은 이름으로 한자 솔率을 쓰는 사람은 나밖에 없는 것 같다.

　평소에도 은근한 마음으로 흔한 한글 이름 '솔'이라든가, '솔'의 앞뒤로 다른 글자가 붙어 결국 세 글자가 되어 버린 이름은 특별해 보이지 않는다고 생각했다. 이름에 '솔' 자만 있는 것도 아니면서 '솔아' 하고 불리는 타인의 이름을 보면 그렇게 불릴 자격이 없다고 생각했다. 그 정도로 나는 광적으로 나만의 '솔'에 집착했다.

　집착은 대부분 결핍에서 시작된다. 반대로 생각해 보면

나는 그 정도로 가진 것이 없어서 태어나자마자 주어진
이름에 집착을 했나 보다. 심지어 나는 가끔씩 '솔'이라는
이름을 다른 사람에게 양보해야 하곤 했다. 이름마저도 내
것이 아닌 느낌이라서 나는 내 이름에 그렇게나 의미를
부여하고, 놓지 않으려 했다.

"솔이 기억나?"
누군가 나의 유년 시절을 함께한 동창생들에게 이렇게
묻는다면 열에 아홉은 기억을 못 하거나 혹은 옆 반이었던
동명이인을 떠올리며 나와 전혀 상관없는 말을 할 수도
있다. 중학생 때 솔은 언제나 활기차고 귀여웠던 같은 반
그 아이를 부르는 말이었고, 고등학생 때 솔은 옆 반에
예쁘게 생기고 수줍어하지만 매력적이던 그 아이를 부르던
말이었다. 그 속에 나는 없었다. 그래서 나는 솔에 집착했다.
솔 하면 나를 떠올려 주길 바랐다. 이름은 정말이지 나에게
빼앗길 수 없는 마지노선 같은 것이었다. 아무에게나
털어놓을 수 없는 유치한 집착이지만, 이 집착은 나의
가치관에 영향을 주었다.

"솔아!"
결핍이 극에 달했을 때 나는 비로소 유일한 존재가
되는 법을 알았다. 사랑하는 사람이 내 이름을 불러주면,

그때만큼은 내가 그 사람의 유일한 솔이었다. 아, 누군가에게 사랑받으면 나는 그 사람에게 유일무이한 존재가 될 수 있구나. 사랑을 받아야겠다.

사랑받는 일은 쉽지 않았다. 가능성을 높이기 위해 무엇이든 했다. 외모에 항상 신경 썼고, 언제 어디서든 매력적인 사람으로 보일 수 있도록 매 순간 긴장을 유지했다. 그래야 사람들이 한 번이라도 더 나를 떠올릴 수 있으니까. 그렇게 사람들 속에서 나는 제법 괜찮은 사람이 되어 갔다. 그런 나에게 드디어 사랑도 찾아왔다.

모두가 예상했듯, 결핍이 가져온 사랑은 매번 지저분하게 끝이 났다. 지저분함의 주체는 나였다. 성급하게 사랑을 결정하고, 헤어짐의 과정을 받아들이지 못하고 이별 앞에 매달리고, 집착하고 끝을 놓지 못했다. 그런 사랑을 해 오다 보니 어느새 내가 사랑을 거느린 게 아니라, 사랑이 나를 거느리고 있었다. 언제나 사랑에 끌려다녔고, 사랑이 나를 통제했다.

참 얄궂게도 생은 포기하고 나자빠지는 순간 힌트를 툭, 내어 준다. 하도 사랑, 사랑 타령을 하다가 거지꼴을 면치 못하자, 나는 결국 "나 안 해!"라고 외쳤다. 괜찮은 사람이고 뭐고 나는 이제 평생 노처녀로 살아야지, 내 이름은 우리 엄마 아빠가 실컷 불러 주겠지. 그제야 엄마 아빠는 물론이고 여기저기서 불러 주는 내 이름이 들려왔다.

사랑받으려고 애쓰지 않아도 내 이름은 언제나 내 것이구나.
사람들은 저렇게나 열심히 불러 주고 있었는데 정작 나만
몰랐다.

그래서 책을 쓰게 되었다. 솔을 포기하지 못하고
집착했던 나에게 애쓰느라 고생 많았다고, 네가 그렇게
힘들고 지질했던 시기를 겪어서 지금은 좀 덜 지질하다고
말해 주고 싶었다. 아마 그때의 내가 사랑에 목매고 발버둥
치길 관두지 않았더라면 분명히 나는 지금도 사랑에
휘둘려 살고 있었을 것이다. 여태껏 사방에서 들려오는 내
이름은 듣지도 못한 채 눈먼 사랑을 찾고 있었을 것이다.
왜 사람들은 나를 아프게만 할까 하는 온갖 피해의식과
자격지심에 휩싸여 남 탓을 하면서도 사랑받으려 애쓰고
있었을 것이다.

그랬던 날들의 나에게 꼭 말해 주고 싶었다. 지금은 좀
내가 나인 기분이라고. 할아버지 바람대로 내가 내 세상을
거느릴 정도는 아니지만, 지금은 그때보다 몸무게 앞자리도
훨씬 높고 짧은 스커트보다는 고무줄 바지를 선호하고
있지만, 사랑에 애쓰지 않는 지금이, 내가 나를 위해
노력하는 지금이 훨씬 '솔' 같은 기분이라고 꼭 말해 주고
싶었다.

이제 나는 내게 사랑받길 원한다. 내가 아무리 못생겨도,

살이 쪄도, 화장을 하지 않아도 나는 내게 사랑받는
사람이고 싶다. 내가 좋아하는 걸 나도 좋아했으면 좋겠다.
그게 완전하거나 예쁘지 않더라도 나 자체라는 이유만으로
내가 나를 사랑했으면 한다. 예전처럼 사람들이 예쁘다고
하는 그 모습으로 치장한 채, 나의 못난 부분만을 집어내며
나를 미워하지 않길 바란다. 이 험하고 힘든 삶 속에서
나만의 향기와 색깔을 품으려고 애를 쓰는 나를 내가
애틋하게 여겨 주길 바란다.

그리고 나처럼 세상에 뿌리내리지 못하고 민들레
홀씨처럼 바람에 흐르고 있을 누군가에게 나의 지질한
역사가 따뜻한 온기가 되길 바란다. 우리는 모두 어딘가로
추락한다. 그 땅이 아스팔트 사이가 될 수도 있고 기름진
땅이 될 수도 있지만 어떻게 자랄지는 아무도 모른다. 아직
세상을 유영하고 있는 우리는 자신에게 좋은 땅을 발견하지
못했을 뿐이다. 그걸 '방황'이라 부르는 우리 세계에서 이
책과 나는 당신의 얕은 바람이 될 것이다.

사랑을 하는 인생은 끝없이 흐르니까　　　　3

구겨진 마음을 펴내고 있습니다

나를 책임지기 위한 첫걸음, 식사

나는 요즘 놀랍게도 요리를 한다. 비가 오면 김치전을
부치고, 친구가 놀러 오면 어묵탕을 시원하게 끓일 줄 안다.
요리를 잘하는 사람이 보면 귀여운 수준이지만, 나의 냉장고
안에 배달 음식 말고 각종 양념장과 양파, 청양고추가 상시
놓여 있게 된 지는 얼마 되지 않았다.

자취를 10년 넘게 했는데도 나의 냉장고는 수량을 잘못
주문한 두유만 가득했다. 아주 가까이에 마트도 있었고
하물며 건물 1층에 편의점도 있었지만, 항상 무엇을 먹어야
할지 몰랐다. 무엇을 사고, 어떻게 먹어야 할지 몰랐다.

자취 초기엔 간장달걀밥에 김이라도 올려 먹고,
김치볶음밥이라도 해 먹었던 것 같은데 시간이 흐를수록
설거지가 귀찮아지고 뭘 사러 가는 행위 자체가
귀찮아지더니 배달 앱의 '더 귀한 분' 등급이 되어 있었다.
배달시켜 먹는 메뉴도 다양하지 않고 일관성이 있었다.
떡볶이, 곱창, 아니면 곱창덮밥이다. 고민하는 것도
귀찮아서다. 아마 사장님들은 하루가 멀다 하고 보는 내
주소가 익숙하셨을 것이다.

"그건 혼자라서 그래."

내 고민을 듣던 엄마가 말씀하셨다. 엄마한테 우리 집 냉장고 사정을 구체적으로 얘기한 건 아니라서 엄마와 나의 '혼밥' 수준은 격이 다를 테지만, 엄마도 아빠나 동생 없이 혼자 밥을 먹어야 하는 순간이 오면 요리 대신 당장 끼니를 때울 수 있는 메뉴를 선택하게 된다고 하셨다. 책임감이 사라지기 때문이라고.

누군가 함께하지 않아도 식사는 식사인데, 왜 엄마와 나는 혼자 밥을 먹을 때 소홀하게 되는 걸까. '무엇을 먹을까?' 이건 우리의 몸을 채우는 문제다. 책을 읽으며 뇌를 자극하고 운동을 하며 근육을 자극하듯 우리는 음식을 통해 우리 몸 전체를 자극한다. 그렇게 생각하면 끼니를 챙겨 먹는 행위는 정말 중요한 문제다.

성인이 되자, 어렸을 땐 부모님이, 학교 영양사님이 항상 알아서 채워 주던 내 몸뚱어리에 갑자기 식사의 자유가 주어졌다. 어쩌면 원치 않았던 자유. 갑자기 찾아온 결정권이 나를 당황스럽게 만들었다. 건강한 음식을 먹어야 한다는 사실을 알았지만, 알기만 했을 뿐이다. 몸으로 할 수 없는 일은 안다고 해도 소용이 없다.

허기는 장에서만 생기는 게 아니었다. 내가 몸을 소홀히 채우기 시작하자 장 말고 다른 기관에서도 자꾸 꼬르륵 소리가 들렸다. 스무 살까지의 내 몸은 어른들이 만들어 준

몸이었다. 어른들이 성심껏 먹이고 재우고 가르쳐서 만든 몸. 그 이후의 나머지 몸은 나 스스로 만들어야 했다. 받을 줄만 알았기에, 갑자기 주어진 자유 앞에서 나는 스스로 할 줄 아는 게 없었다.

갑자기 혼자 살게 된 나에게 모든 결정권이 주어졌다. 맘대로 채울 수 있는 자유와 채워야만 하는 책임이 동시에 주어졌다. 식사뿐 아니라 모든 문제에서 그랬다. 시간의 자유, 성적의 자유, 정체성의 자유, 자유, 자유…… 나는 홍수처럼 밀려든 자유가 오히려 부담스러웠고 자유를 포기하고 싶어졌다.

어른들이 하신 말씀이 떠올랐다.

"자유에는 책임이 따른단다."

내가 알던 자유는 늦잠이나 맘대로 자는 정도의 자유였지, 내 안을 채우고 나 자신을 창조하는 자유는 상상하지도 못했다. 그리고 잘못된 선택을 했을 때 따라올 책임을 어떻게 감당해야 하는지 알지 못해서 내게 주어진 자유를 선뜻 받아들이지 못했다. 몇 가지 배달 음식으로 날 제한시켜 버렸다. 떡볶이와 곱창, 덮밥이 불러올 결과 정도면 책임질 수 있을 것 같았다. 자신을 채우는 방법을 배우지 못한 채로 나는 자유롭게 남겨져 버렸다.

아직도 배달 앱이 귀하게 모시는 고객이긴 하지만, 나이가 들며 상황은 많이 좋아졌다. 하루는 우리 집에 놀러

온 영이가 뚝딱 술상을 차려 내는 나를 보고 놀라움을
금치 못했다. 그리고 나의 색깔이 분명한 가구가 반듯하게
채워진 집을 보며 말했다.

"요즘 네 스타일 참 맘에 들어. 잘 찾은 거 같아."

내가 나를 잘 책임지고 있다는 뜻이고, 점점 자유에
가까워졌다는 뜻이겠지. 갑작스러운 자유를 맞이하기엔
준비가 되어 있지 않았던 내가 점점 자유를 받아들이고
있다. 자유를 받아들이면 진짜 내 모습을 마주하게 되나
보다.

한 번에 많이 시킬 수밖에 없는 배달 음식을 생각 없이
먹고 터질 것 같은 배를 부여잡은 채 나도 모르게 꾸벅 졸게
될지, 양을 알맞게, 내 입맛에 맞게 요리하고 설거지까지
마친 뒤 이 모든 고난과 역경을 이겨 냈단 뿌듯함을
안고 잠들지, 어떤 쪽을 선택할 것인가는 나의 자유이자,
책임이다.

우린 모두 추락하는 중

〈토이스토리〉의 버즈를 좋아한다. 좀 광적으로 좋아한다. 사람들이 주인공 우디가 아니라 왜 버즈를 좋아하냐고 물으면 버즈가 더 멋있어서라고 말한다. 그의 번쩍이는 우주복보다 버즈의 말과 행동을 통해 픽사가 보여 준 세상의 의미가 너무 멋있다.

내가 그에게 빠진 건 스물일곱 살의 어느 날이었다. 그 전에도 〈토이스토리〉를 좋아했지만, 본격적인 '덕질'에 입문하게 된 건 그해부터였다. 스물일곱 살. 누군가 내게 "젊을 때로 다시 돌아갈 수 있다면 돌아갈 건가요?"라고 묻는다면 나는 "아니요"라고 답할 것이고 그 이유는 스물일곱 살에 있다. 그때의 나는 뒤늦은 사춘기를 겪고 있었다. 제 나이에 맞게 10대에 사춘기를 겪는다면 어린 날의 치기로 봐줄 만도 하지만, 스물일곱 살에 사춘기를 겪는다면 그것만큼 꼴 보기 싫은 것도 없다.

그때의 나는 웃고 있는지 울고 있는지 분간이 어려울 정도로 혼란스러웠다. 내가 무슨 생각을 하는지, 지금 기분이 어떤지도 알 수 없었다. 모든 것이 불분명한 상태에서 삶은 잔인하도록 아무렇지 않게 흘러갔다.
직장인의 무게감 때문에 나는 사람들 속에서 아무렇지 않은
척 살아갈 수 있었다.

어느 날 문득 시간을 죽이고 싶어서 찾아 본
〈토이스토리〉 1편. 지금 봐도 유치하지 않은 스토리와
최초의 3D 장편 애니메이션의 위업을 목도하며 내가
감탄하고 있을 때 버즈는 자신의 처지를 깨닫고 있었다.
버즈는 장난감이다. 단 한 명의 우주 전사가 아니라 수많은
공장제 장난감 중 하나다. 산소 헬멧을 벗어도 아무 일이
일어나지 않는 플라스틱 제품이다.

"날지 못하는 장난감."

버즈는 잔인하고 일방적으로 자신의 존재를 확인당한다.

혼란에 빠진 그는 먼발치의 창문을 보며 생각한다.
나는, 날 수 있지 않을까? 나만큼은 다르지 않을까? 그리고
한순간에 추락한다. 그는 날 수 없는 플라스틱이다. 현실엔
어떤 꿈도 희망도 없다.

그때부터 나는 자세를 고쳐 앉아 영화를 보기 시작했다.
어쩌면 〈토이스토리〉는 어른을 위한 영화일지도 모르겠다는
생각을 하면서. 그 이후로 주인공인 우디와 버즈는 여러
고난을 겪고 헤쳐 나가며 주인 앤디에게 돌아가는 모험을
한다. 그리고 마지막 순간, 버즈가 장난감 폭죽의 힘을 빌려
우디를 안고 난다.

"버즈, 너 날고 있잖아!"

우디가 말한다. 그에 버즈는 우디가 처음 만났을 때 했던 말을 그대로 돌려준다.

"이건 나는 게 아니야. 멋지게 추락하는 거지."

자신의 현실을 그대로 받아들인 버즈가 내뱉은 말. 그 대사에 눈물이 찔끔 나는 건 왜였을까.

그때 나는 이별을 한 상태였다. 잘 살고 싶어서 이별을 했다. 그런데 막상 이별한 후의 나는 정말 별로였다. 다시 정신 차리고 그를 만나기 전으로 멀쩡하게 돌아갈 수 있을 줄 알았는데 그를 만나며 자신을 갉아먹던 모습 그대로였다. 그게 너무 충격적이었다. 그와 함께한 시간과 멋지게 헤어질 수 있을 줄 알았다. 나만큼은 쉽게 극복할 수 있을 줄 알았다. 그를 만난 시간 동안 난 정말 최선을 다했으니까. 구질구질한 미련 따위는 없었어야 했다.

2층 난간에서 닿을 수 없는 창문을 바라보는 기분, 그리고 나라면 가능하지 않을까 헛된 희망을 품는 일. 나는 내가 그와 헤어지는 순간 멀쩡한 삶으로 돌아갈 수 있을 거라 믿었다. 그게 나에겐 건너편 창문과 같았다. 그리고 그 창문을 향해 나는 순간 나는 떨어졌다. 어림도 없었다. 현실은 달랐다.

난 초라하고 구질구질한 미련 그 자체였다. 버즈는 추락할 때 충격과 혼란이 뒤섞인 표정을 짓는다. 나와 똑같았다. 버즈가 난간에서 추락하고 한쪽 팔이 떨어져 나갔을 때, 나도 그와 같이 떨어졌다. 인정하기 싫지만 인정해야 했다. 추락한 모습이 꼭 나 같아서 눈물이 찔끔 났다. 버즈처럼 팔 한쪽이 떨어져 나가진 않았지만, 나는 사지가 멀쩡한 대신 마음 한쪽이 떨어져 나간 상태였다.

내가 스스로 너무 구리다고 생각하며 자신의 처지를 한탄할 때 버즈가 말했다.

"우린 모두 떨어지는 중이야. 어차피 떨어질 거라면 멋지게 떨어져 봐!"

이미 벌어진 일이야. 그러니 이왕 이렇게 된 거 멋지게 받아들이는 게 어때? 그의 말에 나는 고개를 끄덕였다. 나는 이별에서 헤어 나오지 못하는 나약한 인간일 뿐이고, 쿨하고 멋진 인간이라 믿는 건 이상이자 거짓이었다.

나는 '이별에도 쿨한 사람'의 옷을 벗기로 했다. 이별의 추락 속으로 내 몸을 맡겼다. 뜬금없이 울기도 하고, 만나는 사람마다 붙잡고 심정을 토하듯이 말했다. 누가 봐도 이별당한 여자였다. 내가 봐도 지질했다.

그러나 시간은 흐른다. 인정의 시간이 지나면 그 시간은 고스란히 내 몸에 스며든다. 깨달음은 순간적으로 오는 게 아니라 그렇게 천천히 스며드는 걸지도 모른다. 어느 날, 눈을 떴을 때 나는 날고 있었다. 아니 꽤 멋지게 추락하고 있었다. 아주 천천히 오랜 시간 공을 들여서 떨어지고 있었다.

취향과 최애

어렸을 때부터 나에겐 '덕질'이 필요치 않았다. 뭔가에 푹
빠지는 성격도 아니었고, 그래서일까? 진득한 취미 하나를
갖는 것도 힘들었다. 그렇다 보니 취미가 무엇이냐 묻는
흔한 질문을 받으면 망설여졌다. 어쩌다 한번 읽는 책을
가지고 독서를 취미라 해야 할지, 남들 보는 만큼 보는 것
같은 영화를 취미라 해야 할지 애매했다. 취미는 모름지기
좋아서 자주 하는 일과인데 그만큼 좋아하는 게 없었다.
아니 내 취향이 뭔지 모르겠더라.

하지만 일찍부터 자신의 취향이 확고한 이들이 있었다.

"너는 동방신기 중에 누구 좋아해?"

"영중재중은 안 됨. 얘가 '재중마눌'임."

열성적인 덕질을 자처하는 친구들이었다. 이성에
눈을 뜨기 시작할 시기부터 친구들은 너무나 당연하게
자신의 취향을 밝히고 내게 물었다. 동방신기 중에
누구를 좋아하느냐고 말이다. 동방신기가 누군지는 알고
있는데…… 꼭 좋아해야 하는 거야?

"아, 너는 다른 가수 좋아해?"

그것도 좋아해야 하는 거야? 의문이 떠오를 때쯤 배가
고팠던 아이들이 자연스레 얼른 떡볶이 먹으러 가자며
화제를 돌렸다.

관심을 받을 줄만 알았지, 관심을 주는 게, 더 나아가
사랑을 주는 게 얼마나 짜릿하고 설레는 일인지 몰랐다.
그리고 처음으로 좋아하는 남자애가 생겼을 때 알아 버리고
말았다. '재중마눌'의 마음을. 그게 첫 시작이어서일까. 이런
마음이라면, 뜨겁게 좋아하는 마음이 생기게 한 사람이라면
나도 덕질을 할 수 있을 것 같았다.

내가 덕질하는 상대를 '애인'이라 부른다는 게
재중마눌과 다른 점이긴 했지만, 나는 연애와 동시에 덕질을
시작했다. 그를 만나고, 그를 알아 가는 일이 자연스레
취미가 되었다. 그의 일거수일투족을 모두 알고 싶었다.
그러나 동방신기를 덕질하는 것과 연인을 덕질하는 건
차이가 너무 컸다. 동방신기는 TV를 틀면 나오고, 열세 살
꼬마에게도 언제든 사랑한다 말할 기회를 주지만, 연인은
사랑한다 말할 수 있기까지 나의 나이, 성격, 말투, 얼굴, 몸
모든 것이 중요하고 필요했다. 재중마눌은 동방신기를 보며
다음 날의 시험 스트레스를 잠시 잊었지만, 나의 연인은
중간고사를 앞두고 헤어짐을 통보해서 나를 더 큰 시험에
빠지게 했다.

취미 같은 연애는 없었다. 연애는 취미가 될 수 없었다.

자의 반 타의 반으로 연애를 꽤 오래 쉰 적이 있었다. 혼자인 시간이 길어졌을 때 비로소 나는 느꼈다. 텅 빈 내 안을 자연스럽게 채워 오는 나의 취향을. 혼자가 되자 나는 오히려 가진 게 많아졌다.

연인 대신 사랑을 주고 싶은 대상이 많아졌다. 한 명에게 '몰빵'했던 사랑을, 혼자가 되자 가족과 친구는 두말할 것도 없고, 연애할 때는 보이지 않았던 대상들에게 나눠 주게 되었다. 글쓰기, 책, 깎아 둔 연필, 하나씩 수집한 메모지들, 숫자판에서 3이 빠져 버린 오래된 손목시계, 1년에 하나, 유일하게 쓰는 틴트와 바뀌지 않는 향수 같은 것들. 모두 혼자가 되었을 때 발견한 소중한 나의 취향이다. 그리고 결정적으로 이제 나는 취미를 말할 수 있게 되었다. 내 취미는 고민의 열쇠이자, 혼자 있어도 내 마음을 꽉 붙들어 주는 독서다.

취향을 갖는다는 건 내가 나를 사랑하는 느낌이다. 그리고 취향을 갖게 되면 나의 세계관이 확장된다. 나만의 향이 널리 퍼지고, 내가 좋아하는 색과 비슷한 색이 펼쳐지며 내가 좋아하는 느낌과 맛이 깊어진다. 내가 무얼 좋아하는지 안다는 건 자급자족으로 행복을 만들 수 있는 순간이 많다는 것이다. 누군가의 도움 없이, 누군가의 사랑 없이 내가 나를 사랑하기에 새로운 사람의 관심과 사랑은 행복의 필요조건이 아니게 된다.

취향은 내 것이고 내 뜻이지만, 연애와 연인은 절대로 내 취향대로 되지 않는다. 연애는 취미가 될 수 없다.

그리고 취향이 잔뜩 묻은 취미는 절대 내 뜻대로 굴러가지 않을 삶과 사랑에 숨 쉴 구멍을 하나 내어 준다. 그러니까 우린 취미와 취향을 가져야 한다. 대체 불가한 '최애' 하나쯤은 맘에 품어야 한다.

우린 계속 궁금하다

어렸을 때 어른들은 대부분 나를 좋아했다. 특히 선생님들은
내가 필기를 잘한다고 칭찬을 하셨다. 그만큼 나는 어른들의
말을 잘 받아 적었고, 질문을 하지 않았다. 질문하는 쪽은
항상 어른이었고, 나는 그들이 원하는 답을 곧잘 했다.
그들은 나를 좋아했고, 나는 만족했다.

진이는 확실히 좀 다른 아이였다. 야간 자율학습 시간이
되면 매번 교과서를 한 손에 말아 쥐고 교무실로 갔다.
선생님들께 이건 왜 이런 거냐고 질문했다. 선생님들께서는
가끔 "좋은 질문"이란 말씀을 하셨다. 진이에게 질문을 참
잘한다고 하셨다. 중학교 3년, 고등학교 3년. 진이는 항상
그런 아이였다.

어른이 되어서야 내가 진이를 부러워한 이유는 그녀가
전교 일등이어서가 아니라 질문을 잘하기 때문임을
깨달았다. 스스로 답을 얻은 진이는 항상 그것을 원래 자기
것인 것처럼 흡수했다. 나는 그런 진이가 부러웠다. 나도
질문을 갖고 싶었다.

그러나 어른이 되어도 나의 삶에 질문은 필요 없었다. 내

삶은 명확했다. 공부를 곧잘 했고, 원하는 대학에 들어갔고, 원하는 곳에 취업했다. 답이 정해져 있었다. 가까운 친구들이 보는 나도 똑같았다. 쟤 삶에 질문이 필요해?

남들이 보기에 나와 진이의 결과는 비슷할 것이다. 좋은 대학을 나와 취직도 빨리 한 편이니까. 그런데 내가 보기엔 전혀 다르다. 진이는 아직도 질문이 많아서 이제는 사회를 향해 질문을 하고 있다. 언제나 답을 찾아 나가는 진이는 멋져 보인다. 나? 나는 애초부터 질문이 없어서 이제 뭘 해야 할지 모르겠다. 정답지를 썼고, 맞혔다. 이제 할 일이 없다.

'이게 맞아?' 내가 가진 삶에 대한 첫 번째 질문이었다. '다른 사람들도 나처럼 사는 걸까?' 두 번째 질문이었다. 이어서 질문이 봇물처럼 터져 나오자 나와 같은 고민을 터놓을 사람들을 찾기 시작했다. 오프라인 소셜 모임 팀원들을 만났고, 매번 다른 주제를 가지고 토의했지만 결론은 같았다.

'삶엔 답이 정해진 것이 없고 그래서 우린 계속 궁금하다.'

토의를 핑계로 각자의 인생 얘기를 하고 나면 점점 그날의 주제에 대한 서로의 답이 궁금해졌고, 사람이 궁금해졌고, 결국 자신이 궁금해졌다.

한번은 누군가가 인간의 삶과 죽음을 두고 이런 말을

했다.

"어디서 삶은 살아가는 게 아니고 죽어 가는 거라고 하던데. 그렇게 생각하면 내게 남은 시간이 얼마나 될까 고민하게 됩니다."

그래서 365칸의 모눈종이를 하루가 지날 때마다 한 칸씩 지운다고 했다. 그럼 그해의 남은 날이 보인다며 그의 새까만 모눈종이를 보여 줬다. 그걸 보자 정신이 번쩍 들었다.

모눈 한 칸이 지워질 때마다 우리는 죽어 가고 있었다. 내가 어떻게 살고 있는지도 모르겠는데 이미 죽어 가고 있었다. 심지어 지난날 연애와 외모같이 남에게 보이는 데만 신경 쓰느라 허비했던 시간을 생각하니 그렇게 아까울 수가 없었다. 그 시간 동안 나는 내가 무엇을 좋아하는지, 무얼 싫어하는지, 그래서 무얼 하면 되고, 무얼 하면 안 되는지 생각했어야 했다. 아직 시작도 못 했는데 죽고 있다니. 절박해지자 그때부터 수많은 질문이 내 삶 위로 떠오르기 시작했다. 나는 열렬히 내게 물었다.

요즘의 나는 진이만큼은 아니지만 질문을 던지며 살아가고 있다. 질문이 많은 삶은 모르는 게 많은 삶이다. 모르는 게 많다는 말은 내가 무얼 모르는지 알고 있다는 뜻이기도 하다. 그동안의 나는 답을 알고 있다고 착각해서 질문이 없었던 거였다. 알고 있다고 착각하니 궁금하지도 않았다. 돌아보면 좋아하는 것, 하고 싶은 것 어느 하나 아는 것이 없었는데. 모임에서 사람들이 제각각의 삶을 꺼내서 말하고, 함께 해답을 찾아갈수록 나와 팀원들은 모르는 것이 더 많아진 기분이라고 했다. 하지만 전보단 훨씬 재밌게 살고 있는 기분이라고도 말했다. 우린 꼭 세상 앞에 모르는 게 많은 어린아이 같았다. 뭐든 안다고 자부하며 시큰둥한 어른보단 낫다고 생각했다.

나는 이제 내가 궁금하다. 365칸에 색을 칠할수록 끝까지 나를 알아 가고 싶다. 그리고 궁금증을 해결할수록 나는 더욱 내가 궁금해진다. 나에게 관심이 많아지고 나라는 사람에게 흥미를 느낀다. 예전에는 다른 사람이 어떻게 잘 살고 있는지 궁금해서 바깥을 기웃거렸다면, 지금은 내가 어떻게 하면 좋아하는지, 잘 살고 있다는 느낌이 드는지 궁금해서 나를 바라본다. 질문을 던지는 일은 그렇게 나를 돌보는 또 다른 방법이 되었다.

지금도 계속 묻고 있다. "어떻게 살고 싶니?"

부모님도, 선생님도, 친구도, 연인도 막을 수 없는 죽어 가는 나의 시간을 나는 어떻게 살고 싶은 걸까. 죽어 가는 시간 속에서 내가 아끼는 내가 잘 살았으면 해서 질문이 많아졌다.

별일 없다는 거짓말

"인생에서 가장 후회하는 일은 무엇인가요?"

글쓰기 모임에서 받은 주제였다. 나는 곰곰이 생각해
보았다. 풍파랄 것도 없는 내 인생에 후회라고 말할 만한
사건이 있나. 기껏해야 뭘 많이 먹고 체한 기억밖에 없다.
뭐라도 써야 하긴 하고, 술을 왕창 먹고 좋아하는 사람
앞에서 토한 얘기를 쓰기엔 비위가 상해서 안간힘을 다해
머리를 쥐어짠다. 떠올랐다. 후회하면 생각나는 한마디.

"별일 없어."

나는 그 말을 제일 후회한다.

나는 부모님께 별일이 없어야 하는 사람이었다. 특히
엄마에게 걸려 온 전화를 받을 때 내 목소리가 잠겨
있기라도 하면 엄마는 매번 "무슨 일 있어?" 하고 물었다.
자취하는 나는 무슨 일이 있으면 안 됐고, 괜찮아야 했다.
무슨 일이 있고 괜찮지 않으면 부모님은 걱정할 것이고
전화 오는 횟수는 늘어날 것이다. 우연히 얻게 된 이 독립을,
자유를 아예 반납해야 할지도 모른다.

나는 애인에게도 별일이 없어야 하는 사람이었다.
외모도 건강도 정신적으로도. 문제가 있으면 그걸 이유로
헤어질 수 있으니까. 그만큼 나는 내게 자신이 없었다. 항상
괜찮은 사람이어야 누군가의 친구, 누군가의 연인이 될 수
있을 것만 같았다. 그래서 나는 별일 없는 사람이어야 했다.

별일 없고 안정적인 상태를 유지하는 일이 내게는 가장
위안이 되었다. 나는 내가 괜찮아 보일 수 있게끔 모든
상황을 철저히 통제하려고 했다. 술 먹고 놀다가도 엄마
전화가 오면 재깍재깍 받았고, 애인과 심하게 다퉈 울던
날도 아무 일 없던 애처럼 태연하게 부모님을 만났다. 가끔
누군가와 말을 섞고 싶지 않을 정도로 지친 날에도 나를
찾는 연인의 전화를 성심성의껏 받았고 마른 몸을 좋아하는
그를 위해 나는 항상 운동하고 굶기를 반복했다. 그 수많은
노력 속에서 그들을 위해 나는 별일 없는 사람처럼 살았다.
행복하다고 생각했다.

그날 엄마는 밤 10시, 불시에 내게 전화를 했다. 나는
그때 헬스장에서 네 시간째 운동을 하고 있었다. 살이 좀
찐 것 같았다. 아니 나는 평생 몸집이 작았던 적이 없다고
생각했다. 내 허벅지는 남들보다 굵어 보였고, 허리는
가늘지 않아 보였다. 또한 남자친구가 내가 붉은색의 짧은
원피스를 입었을 때 "네가 여기서 제일 예쁘다"라고 했기에
나는 그 원피스를 계속 입을 수 있는 몸이어야 했다.

　　몇 번의 전화가 더 걸려 왔지만 모두 부재중이 되고
말았다. 결국 엄마의 성화에 못이긴 아빠가 한 시간 거리를
달려 딸의 집에 오고야 말았다. 그제야 운동을 마친 딸이
깜짝 놀라 전화를 받았고, 건너편 화난 엄마의 목소리는
그렇게 일방적으로 끊겼다.

　　나의 평화가 깨져 버렸다. 엄마의 전화에 "별일
없다"라고 답하지 못했고 운동을 그렇게 해도 몸무게는
도통 줄지 않았다. 정말 그 두 이유로 그렇게나 불안해진
걸까. 아니다. 애초부터 내게는 '별일 없다'라며 덮어 버린
수많은 문제가 있었다.

　　사실 모든 것이 별일이었다. 자취하고 있지만 내가
자유롭지 못하고 갑갑하다고 느끼는 것도, 마른 몸을
좋아하는 연인의 취향이 있는 그대로의 날 좋아한다고
느껴지지 않는 것도 모두 별일이었다. 나는 평화로우면 안
됐다. 원하는 자유를 위해 엄마와 투쟁해야 했고, 한 팔에 쏙
안기는 나를 만족스러워하던 연인에게서 느끼는 불쾌함을
드러냈어야 했다.

　　하지만 나는 내가 당장 할 수 있는 안정과 편안만
찾았다. 제때 드러났어야 할 문제들을 하나하나 만져지는
갈비뼈 사이에 숨기고, 밝은 목소리로 전화를 받을 때
안도하는 엄마의 목소리에 모두 감추고 외면했다. 그래서
가끔 이렇게 불쑥 나의 평안이 깨지곤 했다.

　　꼭 사춘기 아이가 아니어도, 성인이 되어도 마음과
환경에 혼란이 찾아온다는 사실을 나는 알지 못했다.
그리고 그로 인해 나타날 수밖에 없는 갈등이 나쁜 것이나
겪어서는 안 되는 일이 아니라 내 성장에 꼭 필요한
약이었다는 점을 그땐 알지 못했다. 그때 알았더라면 성인이
되어 찾아온 변화와 갈등이 무서워서 꼭꼭 숨기는 짓 따윈
하지 않았을 것이다. 나는 내 문제에 맞서 싸워야 했다.

　　하지만 가족을 걱정시키지 않는 착한 어른아이의 일상
속에서 나는 부모님의 전화를 강박적으로 신경 썼다. 살찐
적이 있었나 싶을 정도로 몸무게는 항상 제자리였다. 내겐
별일 없어 보였다. 속에는 휘몰아치는 소용돌이를 품고
있지만, 표면은 잔잔한 바다처럼.

술은 깨고 아침은 온다

건강 검진이나 다른 이유로 "술을 얼마나 자주 드십니까?"라는 질문을 받게 되면 나는 의사 선생님 앞에서 진실을 감춘다. 내 몸에는 죄와 같은 술. 그럼에도 나는 여전히 술을 좋아한다. 가끔 끊어야 하지 않겠냐는 우려가 들리면 시원한 맥주 한 캔을 들이켜며 이렇게 대꾸한다.

"담배, 마약, 도박도 안 해. 심지어 게임도 안 하는데 이거 한 캔 정도는 괜찮지 않겠냐."

저녁을 먹을 때마다 음식이 맛있다고 느끼면 그에 어울리는 술이 떠오른다. 냉장고에 맥주가 없는 여름을 생각하면 갑자기 인생의 재미를 하나 잃은 기분이 든다.

나에겐 술의 역사가 있다. 술을 억지로 마시던 시기, 술을 사랑한다고 착각하던 시기, 그리고 지금, 이렇게 셋으로 나눌 수 있는데 이번 이야기는 술을 사랑한다고 착각했던 시기에 일어난 일이다. 나는 술에 대해 대단한 착각을 하고 있었다.

그 시기의 나는 술로 몸을 데웠다. 술이 건조한 몸에 활력을 더하고, 정지되어 있는 감정을 움직인다고 여겼다.

술의 힘으로 평소와 결이 다른 에너지가 돌면 몸은
자유로이 움직인다. 나는 사람들 앞에서 나의 자유분방한
움직임과 말을 가감 없이 드러내었다. 술을 좋아하고, 술을
마시면 평소보다 활기찬 모습을 보인다는 이유로 유대가
생긴 사람들도 있었다.

어느새 술은 타인으로부터 나를 향한 관심을 끌어냈다.
술자리에서 만나면 술을 따르는 소리와 함께 관계는
유려하게 흘러간다. 술은 나를 거침없지만 무례하진 않고
재밌는 사람으로 빚는다. 살짝 데워진 얼굴, 경계 없는
행동이 술잔에 비칠 때, 적정선을 잘 타고 아슬아슬하게
움직이는 나를 사람들이 바라본다. 아마 그때 내가 좋아했던
건 술이 아니라 술로 인한 그 시선과 관심이 아니었을까.

"술이 좋아."

이 말로 맺어진 관계가 있었다. 그 역시 음식을 먹으면
그에 맞는 술이 떠오른다고 했다. 우리는 그걸 함께
즐겼고, 그래서 술잔과 함께 모든 걸 나누는 관계가 되어도
괜찮다고 생각했다. 평소와 같이 술 한잔을 걸쳤을 때 그가
나를 이끌고 자기가 일하는 회사 건물 앞으로 갔다.

"여긴 왜 데려온 거야?"

갑작스러운 그의 행동에 내가 물었다.

"나도 모르겠는데. 나 이렇게 일하고 있다고."

그가 보여 주고 싶었던 건 술이 없는 시간의 그의

모습이었을 것이다. 그 노력이 가상했다. 꽤 진지해 보였다. 하지만 우린 그때도 술을 마신 상태였다.

술을 거나하게 마셔도 아침이 되면 모든 게 끝이 난다. 신데렐라가 걸렸던 마법처럼 아침이 되면 모든 것이 사라진다. 깨지고 부서져서 알코올이 얄팍하게 가리고 있던 모든 것이 드러난다. 그도 나도 그 사실을 서서히 깨달았다. 그리고 그는 술이 선사해 준 따끈하고 말랑거리는 모든 순간에서 나보다 더 일찍 벗어났다.

그때부터 그는 내게 이별할 시간을 주었다. 훤한 대낮에 불러내었고, 술 없이 밥을 먹었다. '봐, 이게 진짜 우리야.' 그의 모든 행동이 이렇게 말하고 있었다.

"너는 훨씬 좋은 사람이야."

그 말 속엔 '술을 마시지 않아도'라는 말이 숨어 있는 듯했다. "우리가 왜 헤어져야 해?" 헤어지기 싫은 내가 말했다. 그가 내 눈을 마주하며 부드럽게 말했다. 가타부타 설명 없이.

"우린 아직 준비되지 않았어. 너도 알지? 술이 우리 관계를 만들어 줬을 뿐이야. 그래서 이렇게 된 것 같아."

그는 모든 진실을 알고 있었다. 그리고 다시 말했다.

"너는 정말 좋은 사람이야. 고마워."

이별하는 사람답지 않게 맑은 눈으로 진심이 잔뜩 묻은 말을 하는 그 앞에서 말문이 막혔다.

"먼저 일어날게. 그리고 우리 다시는 마주치지 말자."

끝까지 상냥했던 그에게 나는 지질한 말을 내뱉고 자리를 박차고 나왔다.

나는 운이 좋았다. 그가 아니었다면 나는 술의 착각 속에서 살았을 것이다. 술이 억지로 만들어 준 인연을 합리화하려고 애쓰는 허무맹랑한 시간을 끝까지 끌었을 것이다. 우리에게 알맹이가 없다는 사실을 확신한 그가 이별을 가지고 와서 술의 착각 속에서 허우적거리는 나를 꺼내 주었다. 그가 내민 구원 같은 이별을 나는 볼품없게 받았다. 그렇게라도 말하지 않으면 내가 다시 그에게 매달릴 것 같았다.

평소에도 싫은 말 한마디를 하지 못하는 그가 용감하게 내린 결단에는 많은 의미가 있었다. 술이 없는 우리를 이해해 보려고 했고, 술이 없는 우리는 사랑까지 할 수 없단 걸 알아서 용기를 냈다. 변명 같지만, 그의 노력을 잘 알아서 자리를 박차면서도 그가 잘되길 바랐다. 그리고 다시는 마주치지 말자는 말은 아직도 진심이다. 그게 서로 가장 잘되는 길이니까. 우리의 이별은 누구의 탓도 아닌 술 탓이었고 나는 처음으로 이별하는 동안 자책 대신 그의 행복을 빌었다.

술은 어른의 세계처럼 보일지 몰라도 용기가 필요한 어른들의 포장된 도피처일지 모른다. 아직 스스로 잠들지

못하는 어른과 술 없이 감정을 끌어올리기 힘든 어른을
위한, 또 사랑이 필요하다고 착각하며 감정적으로 독립하지
못한 어른을 위한 '도피성 액체 약물'. 술은 인연을 만들어
주기에 정말 좋은 수단이다. 용기를 주기도 하고 더 큰
설렘을 주기도 한다. 하지만 술은 깨고 아침은 온다.

이젠 아침을 생각하며 술을 마신다. 지금은 좋을지
몰라도 아침이면 이 모든 게 사라질 테니까.

탱탱볼과 선비의 전투

그가 말했다.

"미안해요. 나는 감당할 수 없을 것 같아요."

마지막 그의 꼴은 꼭 잠든 사자를 피해 도망가는 연약한 초식 동물 같았다. 그는 나에게서 도망쳤다. 내가 너무 사나워서.

나는 그에게 좋아하는 마음을 숨기지 않았다. 어릴 때처럼 마땅히 해야 할 말을 못 하거나 애정을 표현해야 할 순간 표현하지 못해서 뒤늦게 후회하는 연애를 하고 싶지 않았다. 그런 나를 그는 귀여운 탱탱볼처럼 대해 줬다. 어디로 튈지 모르지만, 오색 빛깔이 예쁜 공 말이다.

하지만 잘 튀기는 공은 한눈을 팔면 엉뚱한 곳으로 가 버리기도 한다. 그날이 그랬다. 밤이 늦도록 그가 연락이 없었다. 몇 번의 전화를 시도하고 몇 번의 메시지를 남겼을 때 겨우 연락이 닿았다. 교회 친구들과 오랜만에 만나서 밴드 합을 맞춰 보느라 소리를 못 들었다고 했다. 술도 여자도 없었지만 다섯 시간 넘는 공백에 나는 화가 났다. 날 배려했다면 12시 전에 연락을 남겨 줬어야 했다.

　　나는 그런 나의 의견을 강력하게 피력했다. 그는 순순히 받아들였지만 내가 말하는 방식이 잘못됐다고 했다. 지금은 일단 끊고 내일 일어나서 다시 얘기해 보자, 나는 이런 상황이 싫다. 그는 마치 '화'를 내면 안 되는 것처럼 말했다. 상대가 화가 난 게 분명한데 화를 내지 말라고 하는 이 상황이 너무 어이없었다.

　　연락 두절을 이유로 시작된 나의 화는 '화를 내지 말라고 말하는 그의 태도'로 불씨가 옮겨 붙으며 더욱 커졌다. 그는 나의 격앙된 행동과 말투를 점잖지 못하다는 듯 애서 무시하려고 했다. 그가 앞으로 연락을 잘하기로 약속하고 대충 무마되었으나 어쩐지 뒤가 구렸다. 그는 그 이후에도 우리 사이에 갈등이 조금이라도 생기려고 하면 부리나케 진화에 나섰다. 그럴 때마다 나는 그의 뜻대로 내 감정을 재빨리 가라앉혔지만 뭔가 찜찜했다. 그리고 마침내 그 구린 뒤처리를 감당하지 못하는 지경에 이르렀다. 내가 다시 사납게 달려들었다.

　　"내가 화내면 싫어지나요?"

　　그는 적잖이 당황했다. 대답하지 못했다. 그의 눈을 보니, 그간 적당히 통통 튀는 여자인 줄 알았는데 지금 보니 한 마리 야생의 맹수였다는 사실에 두려워하는 기색이 드러났다. 언제나 언행이 과도하지 않고 점잖으며, 적당히 평범한 그는 날것의 감정을 이해하지 못했다. 그의 인생에 갈등은 있어서는 안 되는 요소였나 보다. 결국, 그가 백기를 들었다. 나를 포기하고 나로부터 도망쳤다.

그와 헤어지고 나도 몇 날 며칠을 후회했다. 내가 너무했나. 나도 그처럼 점잖게 참아야 했나. 적당히 했어야 그를 만날 수 있었는데, 그의 사랑을 받을 수 있었는데 그러지 못했다. 싸움은 나쁘다고 배웠는데 나는 꼭 싸움에 최적화된 암사자 같았다.

후회도 잠시, 갑자기 이런 생각이 들었다.

'싸움이 왜 나빠?'

연인 사이에 좀 다투면 어떤가? 오히려 싸우고 지지고 볶는 게 그가 그토록 지향한 '평범한 연애'의 한 단면 아니었나? 점잖은 그는 갈등이 생겼을 때도 차분한 목소리로 논리를 따지길 바랐던 것일까? 그게 더 무섭다. 나는 그가 탱탱볼이 어디로 튈지 두려워 꼭 안고 있는 사람 같다고 생각했다. 여기저기 튕겨 보면 가끔 위험하고 엉뚱한 곳에 닿기도 하지만 그 나름의 재미가 있을 텐데. 그냥 그는 나와 예쁜 사랑만 하길 원했던 것 같다. 결국 탱탱볼과 점잖은 선비는 헤어질 운명이었다.

한번은 그가 이런 얘기를 한 적이 있다.

"나도 글을 쓰지만, 다른 예술가들처럼 험난한 삶을 살고 싶진 않아요. 화목한 가정을 꾸린 평범한 예술가. 그게 내 꿈이에요."

그때 나에게 스며든 불편함. 그때는 그게 예술과 평범에서 오는 괴리 때문인 줄 알았는데 아니었다. 어째서 화목과 평범이 동의어가 되는 걸까? 그는 지금 내게 '평범'을 무기로 우리 사이에 평화만 남기고 싸움은 험난한 것, 우리와는 어울리지 않는 것으로 치부하려고 했다.

아주 부끄럽지만 나는 그에게 매달렸다. 그러면서도 지지고 볶지 않는 사랑이 어디 있으며 지지고 볶지 않는 예술이 어디 있느냐고, 사연 없이 예쁘기만 한 예술이 어디 있느냐고, 예술 같은 사랑이 존재하긴 하는 줄 아느냐고, 넌 절대로 예술 못 할 거라며 감정을 퍼부었다. 나를 만나서 예술 같은 사랑도 해 보라는 서툰 분노였다. 다시 만나자는 나에게 그는 말했다.

"그럼 하고 싶은 대로 해요."

헤어지자는 말보다 더 나쁜 말이었다. 시간을 갖자는 레퍼토리도 잊지 않았다. 그 말에 왜 내 마음은 더욱 차게 식었을까. 나는 일말의 미련도 갖기 싫어서 그에게 무자비하게 나의 사랑을 이야기했다. 그의 말대로 감당할 수 없을 만큼, 어차피 마지막인 거 아낌이라고는 절대 없이 나의 사랑과 분노, 배신감을 드러냈다. 그렇게 내 마음이 모두 소진되었을 때까지 헤어지자는 말은 절대 못 하는, 나쁜 사람은 절대 되지 못하는 그에게서 예전의 나를 봤다. 너도 연애하려면 참 고생하겠다.

"우리 헤어져요."

내가 말했다. 이번에는 내가 끝내 줬다. 사랑을 하고 싶었지 점잖을 떨며 시시해지고 싶진 않았다.

팔자는 셀프

"미국에 아는 언니가 해 준 말 중에 진짜 웃긴 말 있었는데."

김 언니가 운을 띄웠다.

"'Self Twister'였던 것 같아."

"무슨 말이야?"

"지 팔자 지가 꼰다. 지팔지꼰."

'지팔지꼰'이란 말에 나는 왜 내가 떠올랐을까. 사실 그때 나는 우울증을 막 진단받은 참이었고 그 사실을 엄마를 포함한 조, 김 언니, 영이 등등 모두에게 숨겼다. 약 봉투를 뜯고 약을 입에 털면 언니 말대로 내 팔자 내가 꼬아 놓은 상황이 너무 잘 느껴졌다.

하하하. 언니의 말에 "그래, 그런 애들 있지. 지팔지꼰 하는 애들" 하고 웃는 척했다. 차라리 솔직하게 언니 앞에서 내가 내 팔자 한번 거하게 꼬고 있는데 이거 어떻게 푸는 거냐고 물어나 볼걸. 그럼 언니들은 아마 "그거참 답이 없구나!" 하며 심각하게 고민하다 결국엔 같이 깔깔대고 웃어 줬을 텐데. 언니들이랑 같이 웃을 수라도 있었을 텐데.

비밀이 많으면 우울과 불안은 몸속으로 더욱 깊이
파고 들어간다. 나는 창피했다. 세상 멀쩡한 척한 지난날이
무색하게도 우울증 환자가 된 내가 창피했다. 그 주요
원인이 '차여서', '사랑만 생각하고 나를 생각하지 않아서'인
게 더 창피했다. 하지만 지팔지꼰으로 시작된 대화 속에서
모두가 그런 거 아니냐며 다들 자기가 팔자를 꼰 이야기를
하고 있었다. 나는 몰랐다. 내가 겪은 일들이 창피한
게 아니고 모두가 겪는 당연한 일인 줄 몰랐다. 몰라서
창피했던 거다.

다들 아무렇지 않게 '썰'을 풀 때, 나는 그 속에서 웃기만
할 뿐 내 얘기는 하지 않았다. 나는 공감하지만 말할 것이
없는 사람처럼 웃었다. 같이 있던 친구들은 눈치를 챘을까.
아, 쟤도 똑같으면서 웃기만 한다고 안쓰럽게 여겼을까.
아니면 쟤는 괜찮은가 보다 했을까. 모를 일이다. 하지만
하나 분명한 건, 나는 그때 속이 꽤 불편해졌다는 점이다.
괜찮은 척은 언제나 고통스럽다. 괜찮은 척도 거짓말이라
너무 힘들다. 솔직히 말하면 그때 웃기만 한 걸 후회한다.

누가 봐도 잘 사는 것 같았던 나였지만, 알고 보면
누구보다 팔자를 꼬다 못해 비틀고 있는 사람이 나였다.
평범하고 평화로운 삶. 이 정도면 잘 살고 있는 거 아닌가
묻는 사람도 있겠지만, 그렇게 표면으로 드러나는
행동만 삶을 해치는 게 아니라는 사실을 아는 사람들은

알 것이다. 감당할 수 없는 문제가 생기거나, 혹은 작은 상처들이 쌓여서 더는 감당할 수 없는 무게가 되었을 때도 '괜찮다'라고 말하며 숨기고, 사람들에게 잘 보이려 애를 쓰는 것도 망나니 칼춤만큼 인생에 해롭고 위험한 일이다.

하루는 의사 선생님께서 말씀하셨다.

"한번 받지 말아 보세요."

최근 내 우울증을 알게 된 엄마가 걱정이 늘어서 전화를 자주 하시는데, 요즘 컨디션이 안 좋아서 그게 버겁다는 고민을 털어놨을 때 의사 선생님은 전화를 받지 말라고 하셨다. 우선 나부터 돌볼 때라고, 엄마의 걱정은 엄마의 몫이고 버거울 땐 나부터 챙기라면서 이렇게 덧붙이셨다.

"지금 환자분이 아픈 게 먼저니, 굳이 엄마에게 잘 보일 필요 없습니다."

나의 문제는 항상 이런 식이었다. 사랑하는 사람들에게 잘 보이고 싶어서 참는 게 너무 많았다. 나쁜 면은 숨기고 괜찮다고 거짓말하는 날이 많았다. 그렇게라도 누군가와 사랑을 하고 싶어서, 사랑하는 무리에 속하고 싶어서 그랬다. 그렇지 않으면 볼품없는 나라는 사람은 무리에서 내쳐질 것 같은 불안이 있었다. 그래서 미친 듯이 공부해서 대학에 가야 했고, 남들 다 하는 연애를 꼭 해야 했고, 직장인 무리에 속해야 했다. 친구들 앞에서 맨날 차였다는 사실을 숨기고 마음에 아픈 곳 없이 해맑은 척했다.

내 삶에는 내가 없고 남이 있었다. 잘 보이고 싶다는
이유뿐이었다. 나는 그렇게 나를 비틀어 꼬고 있었다.

하나씩 꺼내 놓은 팔자 이야기가 잠시 멈칫했을 때 손을
들고 이제 내 차례라고 말하고 싶었다. 기회처럼 느껴지는
공백을 잡고 싶었다. 결국, 나는 그날도 꼬인 팔자를 속 편히
풀지 못했다.

하지만 팔자는 '셀프'다. 팔자를 펴는 것도 내 몫이다.
우울증이 확실해지고 나서 느낀 건 내가 숨어들어도
어떻게든 내 곁을 지키고 나를 꺼내 주는 사람들이 있다는
사실이었다. 이제 새로운 누군가에게 잘 보일 필요 없이,
이상해져 가는데도 나에게 남아 준 사람들 곁에서 나를
발견하면 풀릴 일이었다. 스스로 꼬았던 것을 스스로 풀면
됐다.

팔자는 셀프. 지 팔자 지가 꼬고 지 팔자 지가 푸는
법이다.

본판 불변의 법칙

사람은 변하지 않는다. 사람에게는 몸과 마음이 있다. 마음만큼이나 몸도 쉽게 변하지 않는다. 몸에도 태어난 후부터 지금까지의 모든 흔적이 쌓여 있기에 그 모든 것을 바꿔 버리기가 쉽지 않다. 그러나 강남역 10번 출구부터 교보문고까지 걷다 보면 드는 생각이 있다.

'몸과 얼굴은 쉽게 바꿀 수 있을지도 모른다.'

누구나 알 듯 사람의 마음과 가치관은 쉽게 바뀌지 않는다. 그리고 내 마음에는 항상 '외로움'이 있었다. 관심받지 못함과 매력 없음으로부터 발생한 외로움. 그리고 외로움에 제대로 직면하는 법을 모르면 '외로움을 위한 놀이터'에 빠지기 쉽다.

'여기에 있으면 외롭지 않을 수 있어.'

'이걸 사면 외롭지 않을 거야.'

외로움을 해결할 수 있다며 내놓는 애플리케이션, 보조제, 각종 상품, 성형 광고, 다이어트 등 외로움을 향해 뻗치는 손은 차고 넘친다. 대부분 외로움을 외모에 결부시킨다. 그래서 문제였다. 나는 내 몸을 있는 그대로

받아들이는 법을 알지 못했고, 예전부터 문제라고 여겨
왔던 내 외모는 대학교에 와서 더 심각한 문제가 되었다.
그리고 이 문제는 쉽고 빠르게 해결될 수 있어 보였다. 그게
더욱 문제였다.

큰 얼굴이 문제야? 경락 마사지로 무자비하게 누른다.
넙데데해 보인다고? 윤곽 주사를 맞으면 된다. 코가 낮아?
수술은 무서워? 필러를 넣으면 된다. 사각 턱? 보톡스면
다 된다. 근육에 주삿바늘을 넣고 힘조차 들어가지 않게
만들면 해결된다.

하지만 보이지 않는 그들이 제시한 해결책을 이행해
낼수록 이상하게도 문제는 해결되지 않고 퀘스트만 더욱
늘어 간다. 이번에는 여드름을 깨기 위해 피부과에 가야
하고 작은 눈에 쌍꺼풀 수술을 고민한다. 저녁에는 식단을
제한하고, 줄자로 허리를 조여 수치를 기록한다. 허벅지에
붙은 살을 괜히 손날로 써는 척이라도 해 본다. 이렇게 쉽게
떼 버릴 수 있다면.

친구들을 만나도 나는 눈에 외모 필터를 씌우고 몰래
자괴감에 빠졌다. 나는 은이처럼 마른 체질이 아니야. 나는
수처럼 예쁘지도 않아. 올이 언니처럼 매력 있고 똑똑한
것도 아니지. 불안했다. 매력적인 친구들이 매력 없는
나에게서 멀어질 것 같았다. 몸과 얼굴에 무엇이라도 하지
않으면 그들 틈에 있을 자격이 없어지는 것 같았다. 그들과

외형적으로 괴리를 느낄 때 나는 은밀히 내 몸에 돈을 썼다.

그리고 사랑. 아냐, 이 상태론 어림도 없지. 사회가
떠드는 기준에서 나는 사랑받기에 한참 모자란 사람이었다.
난 아직 사랑받기에 예쁘지 않아. 날씬하지 않아. 옷이
부족해. 어울리는 가방이 없어. 나는 점점 사랑이라는
마음의 문제를 겉모습의 문제로 바꿔 버렸다. 철저하게
제한되고 다듬어진 몸을 만들면 내 문제가 해결되리라
믿었다.

주삿바늘이 꽂히고 울퉁불퉁한 내 피부에 무언가 들어가
근육을 잠재우거나 콧대를 세웠지만, 내 마음에 들어가는
것은 아무것도 없었다. 옷장 속에 옷은 차고 넘치는데 내
마음은 텅 비었다. 마음에는 이제 고민마저 남지 않았다.
자아 정체성, 진로, 건강 등의 근본적인 고민은 모두
사라지고 '예뻐지고 싶다' 하고 외치는 고민만 남았다.

'예쁘지 않으면 외롭고, 외로움은 불안하다.'

이 생각만이 나의 몸과 마음을 지배했다.

집중하는 일은 바늘구멍으로 세상을 보는 일 같다. 나는
몰두와 집중이란 세상에 무수히 존재하는 점 가운데 한
점만 오롯이 바라보고 관찰하는 일이라고 생각한다. 그리고
이런 몰두와 집중에는 좋은 점과 나쁜 점이 있다. 좋은 점은
집중한다는 그 자체이고, 단점은 그 대상 외의 것을 놓치기
쉽다는 것이다. 그래서 집중의 대상이 무엇이냐에 따라

집중의 단계가 끝났을 때 득이 더 클지 실이 더 클지는 천지 차이다.

20대의 내가 집중한 것은 '관심'이었다. 그것은 자연스럽게 '보이는 몸'을 향한 집중으로 이어졌다. 사람들이 보편적으로 좋아할 만한 요소를 누구든 볼 수 있게 내 얼굴과 몸에 드러내면 관심받을 확률이 높아지니까. 그리고 나는 순리에 따라 그 외의 것을 놓쳤다. 내가 바라보는 점에 너무 집중한 나머지 세상의 다른 것이 희미해졌다.

"문제는 네 몸이 아니라 네 삶이야."

그때의 나에게 말해 주고 싶은 한마디다. 어쩌면 그때의 나는 내 삶의 문제를 내 몸으로 퉁치고 싶었을지 모른다. 성인이 되어 너무나 급작스럽게 펼쳐진 자유에 대해서, 내 몸만큼이나 잘 돌봐야 했던 복잡한 마음에 대해서. 나는 그런 것들을 감당할 자신이 없어서 겉으로 보이는 것에만 집중했다. 날씬해지고, 예뻐지면 삶의 나머지 문제마저 해결되리라 순진하게 믿었다.

삶이 그렇게 단순하다면 내 삶은 내가 수술대에 누운 그 순간부터 바뀌어야 했다. 주삿바늘이 꽂힌 횟수만큼 나아져야 했다. 하지만 그렇지 않았다.

간지럼이 계속되면 고통이 된다

2년간의 치아 교정이 끝났다. 처음 몇 달은 철사가 이 사이를 조이고 당기느라 죽도 제대로 먹지 못했다. 나물을 먹으면 그물 같은 교정기 사이로 끼기 일쑤였다. 치아 위의 기찻길이 철거되던 날, 매끈한 이를 혀로 쓸었을 때 드디어 해방되는 줄 알았다. 그러나 그때부터 다시 5년 동안 유지 장치를 끼고 빼고 소독해야 했고, 입천장에 철사 하나를 대고 있느라 조금이라도 피곤하면 잇몸이 부어서 너무 아팠다. 완전히 끝날 때까지 번거로운 일들이 한둘이 아니었다.

"너 ○○대 가면 교정이고 수술이고 다 시켜 줄게."

그 말에 가고 싶던 국어국문학과를 포기했다. 엄마는 정말로 대학에 입학한 지 꼭 1년이 지난 겨울방학에 나의 부정교합을 수술하고 교정시켜 줬다. 현금을 들고 병원까지 오던 날, 엄마는 혹여나 그 돈을 잃어버릴까 봐 돈을 비닐에 둘둘 싸서 엄마 품속에 안아도 봤다가 신발 밑창에도 넣어 봤다고 했다. 엄마는 그렇게 버스와 지하철에서 가장 불안한 시간을 견디며 왔다. 전신 마취에서 깨어 눈을 떴을 때

안도감에 눈물이 난 엄마 얼굴이 꿈처럼 느껴졌다. 입속의 피를 빼는 관에서 피가 줄줄 흐르는 것도 꿈 같았다.

한동안 입을 움직이지 못하도록 윗니와 아랫니가 묶여 버렸다. 그 상태로 음식을 씹지 못해 액체만 윗니 아랫니 사이로 흘려 넣으며 지내다 보니 움직이기도 힘들었다. 가끔은 물 밖으로 나온 물고기 같다고 생각했다. 눈만 껌뻑껌뻑. 나는 왜 이렇게까지 했을까.

"근데 솔이는 사진이랑 좀 다르네."

맞다. 아마도 이런 부류 때문이다. 공통 분모라곤 친구 몇 명 겹치는 것밖에 없던 이가 히죽거리며 한 말이다. 그 말에 대꾸할 정도로 친하지 않은 것 같아서 답도 하지 않고 무표정으로 넘겼다. 결국 그날을 마지막으로 그 사람을 보지 않았다. 이런 가치 없는 말 말고도 나를 수술대와 체중계 위로 올린 농담은 많았다.

"야, 얘는 안 되겠다."

나를 들다가 실패한 남자 둘의 입에서 신음처럼 흘러나온 말이다. 우리 대학교 축제에는 남자 선배들이 후배들을 학교 분수로 밀어 넣는 전통이 있단다. 대부분의 여자는 남자 둘의 손에 사지가 들려 우아하게 분수에 빠졌지만, 나는 아니었다. 선배들은 결국 들기를 포기하고 내 등을 밀었다. 떠밀려 분수에 들어가는 척해 줬다.

더 과거로 거슬러 올라가 볼까.

"너는 입만 들어가면 되게 괜찮을 것 같아."

열여섯 살, 그 어느 때보다 자기 얼굴에 비하적일 나이에 들었던 말이다. 그것도 그 아이가 내게 건넨 첫마디였다. 그 아이는 누구보다 조용했던 나에게 갑자기 무자비한 말로 쳐들어왔다. 덥수룩한 앞머리로 가린 여드름, 촌스러운 빨간 안경테, 개성이라곤 찾아볼 수 없는 머리부터 발끝. 과연 입을 집어넣는다고 해결될 일이었을까. 쟤는 도대체 뭔 말을 하는 거야. 아니 도대체 왜 나한테 말을 거는 거야? 땀이 났다.

"지랄하네. 네 얼굴은 생각 안 하냐."

내 짝이 말했다. 그 순간 짝의 얼굴을 제대로 본 건 오랜만이라고 생각했다. 이 친구는 선생님이 일부러 내 옆에 붙여 놨는데, 맨날 수업 시간에 자서 나보고 좀 챙기라고 하신 아이였다. 나는 그 아이를 챙길 필요가 전혀 없다고 생각했다. 나도 수업 시간에 졸렸으니까. 다만 나는 성적이 필요해서 자지 않았을 뿐이고 그 애는 성적이 필요 없어서 잤을 뿐이라는 차이만 있었다. 그 때문에 우리는 우리의 책상만큼 나뉜 서로의 영역을 건드릴 일이 없었다.

그랬던 짝이 내 하관을 향해 미운 말을 쏘는 남자아이에게 눈을 부라리며 말했다. 내 편을 드는 것도 같았지만 그럴 리는 없었다. 아마 자다가 좀 시끄러웠을

것이다. 그 후 내 짝은 바로 화장실에 고데기를 말러 갔고,
그 남자애는 뻘쭘해져서 도망치듯 내 앞자리를 떠났다.

내 짝은 어느 날부터 학교에 나오지 않았다. 앞모습보다
더 익숙했던 사자 갈기 같은 뒤통수도, 엎드리는 게 신기할
정도로 코르셋 같던 교복도 다시 보지 못했다.

"걔 폭력으로 법원 갔대. 최소 강제 전학 아니냐."

"야, 걔 얼굴 봐라. 진짜 무섭지 않았냐."

아무도 알 수 없는 이유의 장기 결석이 폭력 전과가 되어
있었다. 내 턱주가리가 누군가의 관심거리가 된다는 것도
신기했는데 다른 아이들과 별반 다르지 않았던 이목구비가
폭력범의 관상이 되는 것도 신기했다. 며칠이 지나니 내
짝은 사실 폭력의 피해자라고 했다. 또다시 시간이 지났을
땐 누구의 입에도 그 이름이 오르내리지 않았다.

걔는 어디서 또 자고 있겠지. 입 싼 관상학자들의 말을
믿고 싶지 않았다. '지랄하네'라고 생각했을 뿐. 하지만 내가
결국 수술대에 오른 것처럼 내 짝도 예쁜 미소를 가지기
위해 거울 앞에서 수없이 연습하고 있을지 모른다. 아닌가.
그 아이라면 자기 자신을 위해 "지랄하네" 하고, 입 밖으로
뱉었을까. 나는 그 아이가 꼭 후자를 택했으면 좋겠다. 다른
사람의 말을 마음에 담아 두고 자기 관리라는 명목하에
서글픈 선택을 하지 않았으면 좋겠다.

나와 대화하지 않으면 알 수 없는 것. 나와 오랜 시간을

보내지 않으면 알 수 없는 것. 그런 것이 아닌 '사람들 눈에 보이는 나'에 관한 깃털 같은 농담으로 나를 간지럽히는 일이 자주 있다. 그러나 간지럼이 계속되면 고통이 된다. 눈물이 날 정도로 고통스럽다. 그러니까 함부로 간지럽히지 않았으면 좋겠다. 날 간지럽히는 손의 손목을 잡아 비틀어 버리거나, 눈물을 흘리며 그만하라고 말하기 전에. 함부로 '농담'하지 않는 게 당연하면 좋겠다.

화초와 잡초

휴식 시간에 휴대폰을 하고 있는데 김 언니가 뜬금없이
말했다.

"나랑 남미 갈 사람?"

본능적으로 손을 들었다. 이제야 말할 수 있지만, 나는
무식해서 용감한 거였다. 남미의 전염병과 고산 증세와
'묻지 마' 범죄, 동양인 여자를 향한 시선을 그땐 몰라서
손을 들 수 있었다. 무식하면 지나치게 용감하다.

그 여행은 모험이었다. 그리고 모험은 내게 허용되지
않는 것이기도 했다. 엄마는 거길 꼭 가야겠느냐고 수차례
물었다. 꼭 가도 그런 데를 간다며 안타까워했다. 착한
아이가 엄마의 만류에도 가게 된 이유는 딱 한 가지였다.
그 무렵 오래 사귄 연인과 이별하지 않았다면, 아직도
그와 만나고 있다면 그 역시 나를 뜯어말렸을 거다. 남미.
고생스러운 여행을 싫어하는 그 사람이라면 절대 가지
않았을 장소이며, '그라면 완강히 반대했을 것'이라는
포인트에서 나는 남미를 택했다. 아직 마음속에 남은 그를
모조리 부정해 버리고 싶었다.

나는 온실 속의 화초였다. 걱정이 많은 엄마의 말을 잘 들으며 스무 살이 되었고, 대학 생활에 충실했고, 애인의 적당한 보살핌 속에서 쑥쑥 잘 크는 화초였다. 그러나 화초는 충격적인 이별 뒤에 삐뚤어지기 시작했는데, 제 발로 온실을 걸어 나와 잡초가 되길 자처한 것이다. 그 첫 번째 단추가 남미였다.

하지만 화초가 단번에 잡초가 되기는 어렵다. 내가 간다고 손을 들었고, 어쩌다 보니 비행기표까지 끊은 데다 출국이 코앞이었지만 사실 자신이 없었다. 남들이 다 걱정하는 치안은 둘째 치고 심한 불면증에 조금만 걸어도 다리가 저릴 정도로 심각한 허리 상태, 부실한 몸뚱어리가 일행에게 방해가 될 것 같았다. 걱정되는 걸 넘어 무서웠다.

정신 차리고 보니 내가 네 발로 미친 듯이 돌산을 오르고 있었다. 체력을 보충하려면 절벽을 아슬아슬하게 통과하는 봉고차 안에서도 아무렇지 않게 쪽잠을 자야 했다. 험난했던 일정을 마치면 숙소 컨디션이 어떻든 상관없이 미친 듯이 잠을 잤다. 우박을 맞으며 빙하를 찾는 날도 있었고, 입안에 모래가 한가득 들어오는 것도 모르고 사정없이 흔들리는 버기카로 사막을 횡단하는 날도 있었다. 편하게 말을 타고 오르는 사람들 옆에서 무지개색의 비니쿤카를 두 다리로 오르기 결정했을 때는 고산 증세로 세 걸음에 한 번씩 숨을 몰아쉬기도 했다.

김 언니와 둘이 마추픽추행 열차를 탔을 때 언니가
물었다.

"너는 이런 여행 또 하자고 하면 할 거야?"

남미 같은 여행. 사서 고생하는 여행을 뜻했다. 내가
달뜬 얼굴로 답했다.

"응! 나는 하고 싶어!"

그동안 할 수 없었던, 확신에 찬 대답이었다. 남미에서
난생처음 알았다. 내가 화초가 아니라 잡초라는 걸.
고생하는 여행을 좋아한다는 걸. 나는 여태 내가 어떤
여행을 좋아하는지도 모르고 살았구나.

"너는 이런 여행이 진짜 잘 맞나 보다. 쟤네 봐. 쟤넨
담에 꼼으로 간다고 할걸."

고산병으로 고생하다 못해 질려 버려서 쉬기로 한
나머지 일행들을 떠올리며 우린 웃었다. 그래, 해 봐야 알지.
내가 좋아하는 걸 해 봐야 알지. 혼자서는 할 수도 알 수도
없었던 일을 알게 해 준 언니에게 너무 고마웠다.

지금 생각해 보면 미화된 부분이 90퍼센트다. 팩트만
놓고 보면 완벽히 힘든 여행이었다. 그런데 말 그대로 '사서
한 고생'이 날 가르쳤다. 자신이 잡초인지 화초인지 알려면
온실 밖을 나와 봐야만 했다(나는 잡초까지는 아니었지만, 화초도
아니었다. 잔디 정도는 되었던 것 같다).

남미에 다녀오고 나는 나를 화초로 대하는 연인과

함께라면 하지 못했을 일을 해냈다. 그와 만나면서 함께라면 뭐든 할 수 있다고 생각했는데, 오히려 그와 헤어지고 할 수 있는 일이 더 많아졌다. 나는 이제 고생스러운 여행도 해내는 사람이니까, 못할 일이 없다고 생각했다. 아주 잠시, 남미에 취해서.

화장보다 모래바람

"너희 때는 화장 안 해도 예뻐."

10대 때도 지금도 나는 그 말을 믿지 않는다. 젊음의
생기는 누구에게나 주어지는 것이 아니다. 타고난 사람의
생기만이 빛날 뿐이다. 나는 선택받지 못한 자였다.

"요즘 너 좋아 보인다."

친구들의 말을 믿는다. 혹자는 빈말이라 하겠지만, 나는
그들의 말을 믿는다. 젊음의 생기 대신 30대에 들어선 내게
여유가 찾아왔다고 나 자신이 믿기 때문이다. 마음속에
한 사람만이 가득했던 때보다 다양한 세계가 들어온
지금에서야 나는 내 안의 빛을 꺼낼 수 있게 되었다.

여유라곤 찾아볼 수 없던 어릴 때의 나는 선택받지 못한
자라는 사실에 집착했다. 지금은 모든 사람에게 자신을
빛낼 수 있는 스위치가 있다고 믿는데, 그땐 안타깝게도
내 스위치가 어디에 있는지 몰랐다. 몰라서 사람들이 가장
보기 쉬운 얼굴을 열심히 찍어 눌렀다. 남들도 그러는 것
같아서 온갖 색조 화장으로 눈도 눌러 보고 입술도 열심히
눌러 보았다. 하지만 내 빛은 그 방법으로는 켜지지 않았다.

도리어 민감한 피부에 성인 여드름이라는 고민거리만 안겨 줄 뿐이었다.

그럼에도 어느새 화장이 나의 비상탈출 버튼이 되어 있었다. 엉망이라고 느껴지던 얼굴에 화장이 그나마 평범한 일상을 영위할 수 있게 해 준다고 생각하게 되었다. 화장을 해야 사회 속에서 그럭저럭 어울려 살아갈 수 있다고 믿게 되었다.

그렇게 내장 지방처럼 보이지 않지만 내 몸속에 잔뜩 끼어 있던 화장에 대한 강박은 남미 여행에서 박살이 났다. 아니 그 여행에서 박살 내야만 했다. 남미에서는 화장할 시간은커녕 잠잘 시간도 부족했기 때문이었다.

"대충 씻고 바로 나왔어야지."

김 언니의 매서운 한마디에 흠칫했다. 페루의 와카치나 사막에 너무 늦게 도착했다. 얼른 짐을 풀고, 저녁을 때우고 다음 일정으로 넘어가야 했다. 그 전에 이미 버스를 열 시간 넘게 탄 우리에겐 너무 가혹한 일정이었다. 숙소에 도착하자마자 씻고, 자연스럽게 화장품이 들어 있는 파우치를 들었다. 잡티부터 얼른 가리기 시작했다. 콕콕. 그리고 나갔더니 이미 나머지 일행이 저녁 준비를 마친 상태였다. 모두가 반들반들한 민얼굴을 하고 있었다. 누가 봐도 화장하느라 늦은 나를 보고 김 언니가 그렇게 한마디 했다.

'아, 실수다.'

미안하다며 멋쩍은 웃음을 지었다. 순간 나도 날 이해할 수가 없었다. 이 사막 한복판에서 내 잡티를 볼 사람은 아무도 없는데 나는 왜 화장을 했는가. 난 왜 일행처럼 대충 씻고 나가려 하지 않았을까.

화장은 나에게 이미 본능이었다. 나는 그 어떤 순간에도 원래의 나보다 조금이라도 나아 보이고 싶었다. 긴급한 그 순간에도, 물기 가득한 내 얼굴로 나가면 밖에 있는 일행들과 어울리지 못할 것 같아서 '가리고 덮는 시간'을 포기하지 못했다. 나는 나의 모든 민낯에 자신이 없었다. 언니가 생각하는 것보다 훨씬 더 자신이 없었다. 언니도 몰랐겠고, 나도 몰라서 그랬다.

얼굴에 짜증이 비치던 언니가 말했다.

"근데 맥주 먹고 싶다."

우리는 재빨리 맥주를 시켰고, 언니는 비로소 만족스러운 웃음을 지었다.

여행 내내 나는 화장품 파우치를 포기하지 못했다. 반면, 현지에서 산 알록달록한 털모자를 쓰고, 해외에서 꼭 해 보고 싶었던 갈래머리를 하며 자유를 만끽하는 언니의 얼굴은 나와 대조되었다. 비단 화장의 유무 차이만은 아니었다. 언니의 얼굴을 감싸던 자유의 느낌, 자연스러움. 그건 내게 없는 거였다.

같이 온 일행들은 사막의 모래바람 때문에 얼굴에 붙은 모래를 주저 없이 슥 닦아 내며 말 그대로 온몸으로 남미의 햇살, 바람, 공기까지 모든 자연을 마주하고 있었다. 그와 반대로 나는 파운데이션과 아이라이너, 각종 화장품으로 자연과 나 사이에 얇은 벽을 세웠다. 자연을 느끼고 싶어서 왔던 남미에서 화학과 기술의 총집합인 화장품을 포기 못하는 꼴이라니. 갈수록 한심했다.

정말 화장한 얼굴이 내 피부가 되어 버린 걸까. 그럼 화장을 지운 순간에는 내가 아닌 걸까. 아무 일도 없었다는 듯 맥주를 마시는 일행들을 보며 심란해졌다. 문득 대충 말린 머리를 탈탈 털고 한껏 들떠서 다음 걸음을 재촉하던 언니를 떠올렸다. 내가 원하는 모습은 화장대에 앉아 있는 모습이 아니었다. 오히려 저쪽에 가까웠다. 운동화 끈을 묶고 흐르는 땀을 아무렇지 않게 닦아 내는 붉은 얼굴. 언니와 맥주를 다 마셨을 때쯤, 나는 내가 원하는 얼굴로 살겠다 결심했다.

우리 사이 비워 내기

페루의 마지막 여행지는 아타카마 사막이었다. 세계에서
가장 건조한 곳이라 그런지 아침에 일어났을 때 코에서
쩍 하는 느낌이 났다. 코를 팽 풀어 보니 메마른 코딱지와
피딱지가 나왔다.

20일이 넘는 여행 기간에 우리는 지칠 대로 지쳤다.
피로를 술로 털어 내고 싶어 하는 사람도 있었고, 숙소에서
꼼짝 않고 내일을 위해 잠을 자고 싶어 하는 사람도 있었다.
젤라토를 꼭 먹어야 하는 사람도 있었고, 굳이 먹지 않아도
되는 사람도 있었다. 우린 20일 동안 너무 함께해서 지쳐
있었다. 의무적으로 서로에게 맞추려고 했고, 의무적으로
갈등을 피했으며, 의무적으로 짜증을 내지 않았다.

그러던 와중에 김 언니가 운을 뗐다.

"우리 여기서 잠깐 따로 움직이자."

모두가 기다렸다는 듯 동의했다. 우리는 아타카마의
시내 한복판에서 그렇게 헤어졌다.

카페인 중독자인 나는 곧장 구석진 곳에 있는 카페로
향했다. 동양 여자를 신기하게 쳐다보는 그 시선에도 질릴

대로 질려서 가능한 한 사람이 없는 곳으로 갔다. 커피를
최대한 천천히 들이켰다. 커피 한 모금에 피로와 예민함이
한 번에 가시는 느낌이었다. 한자리에서 미동도 없는
나를 주인장도 딱히 신경 쓰지 않는 듯 나만 두고 가게를
나가 볼일을 보고 오기도 했다. 약속된 시간에 우리는
다시 만났고 함께 저녁을 먹었다. 각자 무슨 일을 했는지
이야기를 하는데, 다들 표정이 개운해 보였다.

아무리 좋은 관계여도 너와 나 '사이'에 '사이'가 없으면
나빠질 수 있다는 사실을 사막 한복판에서 배웠다. 반대로
우리 사이에 적당한 거리가 생기면 오히려 관계가 더
돈독해질 수 있다는 점도 배웠다. 홀로 남은 카페에서 나는
오히려 일행들을 생각했다. 혼자가 되고 나서야 날 위해
배려했던 친구들의 말과 행동이 하나씩 조용히 떠올랐다.
혼자서 멍하니 생각했다. 아, 그때 그렇게 한 말이, 행동이
다 날 배려했던 거였구나. 혼자의 시간이 지나고 다시
만난 일행들에게 느끼는 고마움은 함께 있을 때보다 배가
되었다.

여행을 처음 시작했을 때부터 아타카마에 도착하기까지
우리는 우리를 위해 뭐든 채우려고 했던 것 같다. 경험을
채우려고 했고, 눈과 입과 마음을 채우려고 했다. 거기에
서로를 향해 넘치는 애정과 배려까지 더했다. 비우려고
하는 노력을 거의 하지 않은 채 20일이 지나자 우리의

몸과 마음이 모두 과포화 상태가 되었다. 인간이란 동물은 시원하게 비우고 속이 편안해져야 그때 그게 참 맛있었다고 알게 된다. 만약 속이 꽉 막혀 체하면, 아무리 맛있는 음식이라도 먹기 싫어지기 마련이다.

화장실에서 속을 시원하게 비워 내는 일처럼 마음을 편하게 배출하는 일도 혼자일 때 가능하다. 그래서 혼자만의 시간을 보내고 다시 만난 우리의 표정이 개운해 보였던 게 아닐까. 요즘은 그때 일을 되새기며 의식적으로 혼자만의 시간을 꼭 가지려고 한다. 홀로 방에서 일기를 적기도 하고 명상 음악을 틀어 놓고 잠시 생각의 흐름을 멈춰 보기도 한다. 그리고 다시 비워진 마음속을 무엇으로 채울지 고민한다. 보통 '고마움'을 선택한다. 주변으로부터 받았던 애정과 배려를 잊지 않고 고맙다 느끼려 한다. 그렇게 하면 사람을 좋아하는 내가 굳이 사람을 만나지 않더라도 주변의 사랑을 느낄 수 있다. 사람들과 잠시 떨어진 그사이, 그 공백 덕분에 오히려 나는 주변의 사랑을 더 진하게 느낀다.

워낙 사람을 좋아하는 나는 아직도 시간에 공백이 생기면 의무감으로 누군가와 약속을 잡으려고 한다. 그럴 때마다 콧속으로 느껴지던 아타카마의 건조함을 다시 떠올려 본다. 누군가와 함께하는 시간, 내가 원해서인지, 아니면 혼자만의 시간을 견딜 힘이 없어서 아무나를 필요로 하는 건 아닌지 말이다.

똥색이라도 내가 만든 예쁜 색

남미 여행은 내 인생의 많은 부분을 바꿔 줬다. 그리고 그 변화는 여행 도중이 아닌 오히려 여행이 끝나고 돌아오는 비행기 안에서, 그러니까 이코노미석에서 고문과 같은 침묵의 서른 시간을 꼼짝없이 보냈을 때 감지되었다. 자극이랄 것도 없는 그곳에서 나는 내 삶이 바뀌고 있다는 걸, 그래서 그 변화에 맞춰 나도 바뀌어야 한다는 걸 깨달았다.

남미 여행이라는 우연한 기회로 내면이 풍족해짐을 느꼈다. 과거에 미련을 가졌던 예전과 달리 미래에 내가 또 어떤 모험과 경험을 하게 될지 기대에 차 있는 나를 발견했다. 돌아오는 비행기 안, 나는 단 한 가지 생각에 사로잡혔다.

'이제 뭐 하지……'

비행기에서 내린 후 밟게 될 한국 땅에서도 이 기분을 놓치고 싶지 않았다. 꿈 같은 여행뿐만 아니라 현실 속에서도 무언가가 꿈틀거리길 원했다. 이 여행처럼 내가 정말 바라는 일을 하고 싶었다. 그렇게 하지 않으면 다시 예전의 미련한 나로 돌아갈 것 같았다.

'이제 뭐 하지?'

나는 이 질문이 내 생의 색을 바꿔 놓았다고 생각한다. 항상 인생에 과제가 있던 내가 해 본 적이 없던 질문이었다. 공부, 직장, 청춘에 걸맞은 연애와 학업 등 사람들이 예쁘다고 말하는 색으로 채우려고 노력했던 내 삶은 여러 차례의 이별과 뒤늦은 사춘기 때문에 색이 몽땅 섞이고 말았다. 아무리 예쁜 색이어도 섞이니 똥색이더라. 어차피 섞이면 똥색일 거 남들이 예쁘다고 말하는 색 말고 내가 채우고 싶은 색으로 채워 보고 싶었다. 그게 똥색일지라도 나한테는 황금색으로 보일 수 있는 거니까.

그리고 비행기에서 찬찬히 들여다본 나의 팔레트는 이번 여행을 통해 나도 모르던 새로운 색으로 채워져 있었다. 봉고차가 아슬아슬하게 달리던 절벽의 색, 네 발로 기어올라 마주했던 호수의 에메랄드빛, 발끝이 아려 오는 소금 사막에서 발견한 은하수의 색으로 다채로워졌다.

이렇게 내가 색을 선택할 수 있는 거라면 이제부터 내 색은 스스로 결정해야겠다고 결심했다. 내가 하고 싶은 일을 하며 채워 나가야 한다고 마음먹었다. 하고 싶은 일이라면 이미 정해져 있었다. 의심의 여지도 없이 스쳐 지나간 작가 친구의 농담.

"넌 글 쓰면 딱이라니까."

피식. 웃음이 나오면서 내 팔레트에 숨어 있던 투명한 초록빛을 떠올렸다. 새싹이었다. 처음으로 나에게 장래 희망이 생겼던 그때의 새싹.

아주 어렸을 때 베란다에서 엄마와 새싹을 발견했다.

"엄마, 새싹이 아기 궁뎅이 같아."

"아기 궁뎅이? 정말이네! 솔이 꼭 시인 같다!"

장래 희망이 뭔지도 모를 나이였지만 엄마의 함박웃음과 시인이라는 두 글자 낱말은 따뜻하고 초록빛으로 가득했다. 그날 이후로 작가라는 직업이 있다는 것도 모른 채 어린 나는 막연히 새싹을 아기 궁뎅이로 말하는 사람이 되기를 바랐다.

이 모든 생각을 놓치게 될까 봐 휴대전화의 메모장에 정신없이 정리하고 있을 때, 한국에 거의 도착했다는 안내 음성이 들렸다. 쿵. 이제 현실로 돌아가야 했다. 그리고 현실에서도 꿈을 꾸려면 나에게는 당장 지금, 이 순간 움직여야 했다. 비행기의 안전벨트 표시등이 꺼졌을 때, 작가 친구에게 바로 메시지를 보냈다.

"글 쓰면서 살려면 뭐부터 해야 해?"

그 후로 몇 년이 지난 지금도 나는 나의 팔레트를 느낀다. 더 나아가 나이가 들어갈수록 팔레트의 칸이 늘어 간다고 생각한다. 스무 살의 내가 스무 칸의 팔레트라면 지금의 나는 서른 칸이 넘는 팔레트가 된 느낌이다. 점점 늘어 가는 그 공간을 새로운 색으로 채울지, 그냥 빈 곳으로 둘지, 아니면 같은 색으로만 채워 나갈지는 나 자신의 선택이다. 팔레트가 여러 색이면 인생에서 선택할 색이 많다는 장점이 있지만, 그만큼 색을 섞었을 때 실패할 확률이 높아진다. 반대로 색이 제한적이면 인생에 칠할 색은 단조로워지겠지만, 조합하기에 안전하다는 장점이 있다.

나는 늘어 가는 칸의 개수만큼 새로운 색으로 채워 나가기로 했다. 그래서 여전히 새로운 글을 쓰고, 고치고, 배워 나간다. 백지 위에 내가 살고 싶은 세상을 쓴다. 그리고 하고 싶은 일을 이룰 때마다, 우연한 경험이 쌓일 때마다 팔레트에 추가된 새로운 색을 발견한다. 그 색을 붓에 찍어 내 삶에 새로운 색을 칠해 본다. 언제나 정교한 붓질은 어렵고, 색이 뒤엉켜 똥색이 되는 건 한순간이다.

그러나 똥색도 색 아닌가. 어차피 똥색이 될 거라면 나는 내가 선택한 색으로 똥색을 만들련다. 누군가는 똥색으로 변한 내 도화지를 보고 신중하지 못했다며 손가락질할지도 모르겠지만, 나는 당당히 말할 수 있다. 내가 선택한 색들이라 내 눈엔 아름답다고 말이다.

짧게 잘라도 잘리지 않는

남미에서 한국으로 돌아온 다음 날, 집 근처를 배회하다가 미용실이라고 쓰여 있는 곳에 획 들어갔다. 오래 고수한 갈색 머리를 원래 모발 색에 맞춰 검은색으로 염색해 달라고 했다. 머리 길이는 귀 위로 짧게 쳐 달라고 했다.

"머리 그 정도로 짧게 자르면 후회하실 수도 있어요."

"검은색으로 염색하시면 몇 년 동안 염색 못 한다고 보셔야 해요."

책임감 있는 미용사였다. 하지만 그 책임감이 무안해질 정도로 나는 단호했다.

"괜찮아요. 해 주세요."

무뚝뚝하게 대답하는 손님 뒤에서 미용사가 어쩔 수 없다는 듯 작업을 시작했다. 몇 시간이 지나고 조금 가벼워진 듯한 머리통을 흔들며 가게를 나왔다.

이별을 당한 여자가 미용실에 가서 그가 좋아하던 긴 생머리를 단발머리로 잘라 달라고 하는 뻔한 클리셰. 이 공식대로라면 다음 장면엔 보란 듯이 잘 사는 여주인공의 모습이 나왔겠지만 나는 나도 모르게 그 뻔한 공식에서 탈선하고 말았다.

겉으로는 나의 의도가 성공한 듯싶었다. 당시 내 주변 사람들은 모두 놀랐다. 나를 알아보지 못하고 지나치는 지인도 있었다. 사람들이 놀랄 때마다 알아보지 못할 때마다 묘한 희열을 느꼈다. 정말 내가 다른 사람으로 바뀐 느낌이었다. 하지만 그 느낌이 그저 느낌에 지나지 않았음을 알아채는 데는 오래 걸리지 않았다.

바뀐 것은 머리뿐이었다. 나란 인간은 길고 험한 여행이 끝나도, 오랜 시간 길러 온 머리칼을 잘라도 변한 것이 하나도 없었다. 여전히 게으르고 외로움에 집착하는 인간이었다. 내가 하는 일이라곤 이불 속에서 남들은 어떻게 사는지 구경하기 위해 휴대폰을 들여다보는 것뿐이었다. 하고 싶은 일을 해 볼 거라던 비행기에서의 의지가 무색하게 일하기가 너무 싫었고, 저녁만 되면 술과 SNS를 찾았다.

그렇다고 또 여행할 순 없는 일이다. 이제 그만큼 여행을 하려면 퇴사를 해야 했다. 떠난다면 그건 현실을 거부하는 도피다. 그렇다면 나의 지루하고 게으른 하루는 어떻게 바꿔야 하는 걸까. 다시 나뭇잎 하나, 찬 공기를 들이마시는 숨까지 생생하게 기억하며 삶을 즐기던 몸과 정신으로 돌아갈 수 있긴 한 걸까?

사랑을 말하던 철학자 에리히 프롬이 쓴 책을 읽었다.

그는 자기 자신을 근본적으로 변화시킬 힘이 없는 사람들이
오히려 이것저것 하며 떠도는 모습을 보이는데, 그 자체가
무력감에서 비롯된 것이라 말했다. 스스로 변화시킬
힘이 없어서 바깥 활동이나 소비하는 행위로 '무언가를
했다'라며 자신을 속인다고 했다. 스스로 변화할 힘도
없으면서 겉모습만 바꿔 대는 내 꼴이 딱 그 꼴이었다.

짧아진 머리칼을 빗으며 깨달았다. 머리칼을 잘라 내야
하는 게 아니라 삶의 권태를 잘라 내야 한다. 머리카락을
염색했어야 할 게 아니라 삶을 대하는 내 시선을 바꿔야
했다. 이런 모습이 드라마에서는 나오지 않는 우리네 삶의
클리셰일지도 모른다는 생각을 했다. 모습이 바뀌면 나도
바뀔 거라는 막연한 기대와 달리 변화가 없는 삶. 나뿐만
아니라 누구에게나 뻔한 클리셰일지도 모른다.

중요한 건 머리카락의 길이와 색, 남미에 다녀왔다는
사실이 아니었다. 비행기와 미용실에서 가졌던 미래에
대한 부푼 기대나 희망을 이루어 주는 건 외면이 아니었다.
침대에서 빠져나오기 위해 안간힘을 쓰는 내 몸 그리고
그걸 조종하는 나의 내면만이 내 삶에 작은 변화를
가져오게 했다. 확 바뀐 스타일로 이전과는 다를 게 없는
하루를 여럿 보내고 나서야 이 당연한 사실을 깨달았다.

나는 또 한 번 뻔한 길에서 탈피해 보기로 했다. 뻔한
행동은 하지 않기로 했다. 나를 자꾸 끌어당기는 이불을

걷었다. 땅에 발을 디뎠다. 변화는 미용실에서 시작되지
않았다. 변화는 이불을 걷기 위해 휘적거리는 팔과 다리에서
시작되었다.

힘껏, 도망치자

게으름은 해야 할 일을 미루는 것이나 아무것도 하지 않음 그 이상의 의미가 있다. 난 실연을 핑계로, 남미 여행 후 여독을 푼다는 핑계로 게을러졌다. 사실 할 수 있는 일이 없었다. 근무 중엔 그나마 괜찮았지만 퇴근하고 집에 오면 온몸이 텅 비어 버린 느낌이었다. 도대체 뭘 해야 하는 걸까. 고민이 많아졌다.

변하고 싶었다. 그런데 지금 이렇게 멈춰 있다. 이대로 멈춰 있게 될까 봐 불안했다. 그저 변화가 생각에만 그치게 될까 두려웠다. 나는 정말 바뀌고 싶었다. 그런데 왜 내 삶엔 남들과 같은 발전이, 그로 인한 행복이 허락되지 않는 걸까? 탓을 하고 싶었다. 이거, 내가 바꿀 수 있긴 한 건가? 나는 누군가에게 의존할 수밖에 없는 사람인 걸까? 의존하지 않으면 이렇게 불안할 정도로 나약한 사람이었나? 나는 나를 탓하기 시작했다.

게으른 몸과 달리 머리는 열심히도 일했다. 생각은 꼬리에 꼬리를 물고 뱀처럼 똬리를 틀었다. 이윽고 나를 조여 왔다. 괴로웠다. 게으름은 나를 괴롭게 만들었다.

생각으로부터 도피하기 위해 할 수 있는 일은 당장 눈앞에 있는 작은 휴대전화가 퍼 날라 주는 불빛을 바라보며 시간을 죽이다가 잠드는 것이었다. 누워서 넷플릭스나 유튜브, 각종 SNS를 하염없이 바라보고 또 바라봤다. 넘기고 또 넘긴다. 움직이는 건 손가락과 눈꺼풀뿐이다. 불편한 자세를 고치기 위해 잠시 뒤척이는 걸 제외하면 거의 움직임이 없다.

몸에서 쓰이는 에너지가 손가락과 눈 껌뻑임뿐이라 잠들지 못했다. 에너지를 잘 써야 몸이 쉬려고 할 텐데 게으른 나는 항상 쉬고 있어서 잠도 오지 않았다. 그렇게 뒤척이는 시간이 더 길어졌다. 몇 달을 그렇게 보냈을까. 내 몸은 심지어 게으름을 견디지 못하고 살이 빠지고 있었다. 누워 있다가 밥 먹으러 일어나는 것도 귀찮아했더니 살이 빠지기 시작한 것이다. 변화를 꿈꾸던 나는 더 심각해지고 있었다.

그러다 하루는 잠깐 나갔던 모임에서 단거리 마라톤을 나갈 사람을 모집하고 있다는 공고를 보게 되었다. 순간, 남미에서 동경하던 얼굴들이 스쳐 지나갔다. 운동화 끈을 묶고 움직이던 손과 발, 붉게 상기된 얼굴. 맞아, 나 그렇게 살고 싶었지. 다시 한번 내가 살고 싶은 삶의 모양이 떠올랐다. 손가락을 움직여 참여 신청을 했다. 그때까지만 해도 영상을 클릭하는 것과 큰 차이가 없는 움직임이었다.

뜀박질이 본격적으로 내 삶에 의미를 남기게 된 계기는 첫 연습부터였다. 성인이 되고부터 뛰어 본 기억이라곤 횡단보도에서 신호를 놓치기 싫어서 했던 종종걸음뿐이었다. 그런 내가 걱정되기 시작했다. 이건 현실이다. 손가락질만으로는 할 수 없는 일. 힘들게 몸을 일으켰고 운동화를 신었다. 공원을 뛰기 시작했을 때 심장이 터지는 줄 알았다. 허벅지부터 뻐근하게 무거워졌다.

1킬로미터를 뛰는데 힘들어 죽을 것 같았다. 더 뛸 수 있을까? 발목이 누군가에게 잡힌 듯 멈칫했다. 순간 내가 나를 속인 듯한 느낌을 지울 수 없었다. 질문이 잘못됐잖아. 뛸 수 있잖아. 더 뛰어야 할까? 이게 맞는 질문 아냐? 내 무의식이 나를 팩트로 때렸다. 그렇게 나는 그날 1킬로미터를 더 뛰었다.

그리고 몇 주 후 고작 2킬로미터가 최장 기록이었던 나는 5킬로미터를 완주했다. 한 번도 걷지 않고 심지어 마지막엔 스퍼트를 내어 달렸다. 요동치는 심장을 온전히 느끼며 잔디밭에 주저앉았다. 함께 뛴 사람들과 라면을 먹으며 작고 소중한 각자의 기록과 심장만큼 두근거리는 후기를 나눴다. 그때 내 뺨은 붉은색으로 물들고 보라색 러닝화를 신은 발은 후끈거렸다. 살아 있는 기분과 성공을 만끽하는 행복이 눈으로 보인다면 이에 가깝지 않을까. 내가 찾던 삶이었다.

그 뒤로 나는 1년에 한 번씩 10킬로미터 종목에
참가한다. 그 살아 있는 느낌을 잊고 싶지 않아서(그러나
하프마라톤은 뛰면 정말 죽을지도 모른다는 막연한 두려움이 있다).
도착하는 순간 숨이 가득 차오르고 완주했다는 안도감과
함께 밀려오는 땀과 쾌감을 포기할 수 없어서 매년 나는
뛴다.

마라톤을 가장한 뜀박질, 그건 게으름을 등진
도망이었다. 게을러도 숨은 자연히 쉬어진다. 그러나 사는
것과 살아 있는 기분을 느끼는 건 완전히 다르다. 삶 앞에서
게을러질 때마다 육지에 나와 숨을 헐떡이며 서서히 초점을
잃어 가는 물고기를 생각한다. 숨만 쉬는 삶이 그와 다를
게 뭘까. 그러나 물고기는 누워서 눈만 껌뻑일 뿐 도망칠
순 없다. 그와 반대로 똑같이 숨을 헐떡이며 심장이 터질
것 같이 벅차올랐던 순간들을 떠올린다. 나를 잡아당기는
게으름으로부터 도망치기 위해 힘껏 도망치던 그때를
떠올린다. 무기력이 덮쳐 올 때 붉게 상기된 내 얼굴을 다시
떠올린다. 자연스럽게 운동화를 신는다.

'도망치자.'

나 자신과 화해하기

'대가리 꽃밭'이란 말이 있다. 쉽게 설명하자면 지나치게 낙관적이라 현실을 객관적으로 파악하지 못하는 사람을 가리키는데, 영이는 거기에 조금 다른 의미를 담아서 나를 대가리 꽃밭이라 부른다. "무슨 생각을 하는지는 모르겠지만 누가 모진 말이나 비꼬는 말을 던져도 못 알아듣거나 해맑은 얼굴로 다 반박하면서 살기 때문"이라고 했다(직장 동료들도 인정하는 걸 보니 그게 맞나 보다).

하지만 처음부터 그런 건 아니었다. 그렇게 된 건 내가 나와 화해를 했기 때문이다. 나는 원래 평화주의자를 가장한 극도의 회피주의자였고, 사실 그 자아는 지금도 나에게 일부 남아 있다.

'일부 남아 있다'라고 말한 이유는 가장 친한 친구나 가족과 갈등이 생겼을 때 여전히 도망치고 싶은 마음이 들기 때문이다. 상사와 서로 죽일듯이 싸우던 나도 친구나 가족 앞에선 싸우기 싫어서 한발 빼고 울기만 하기도 한다. 그래서 의외로 나는 친한 친구들이나 가족들과 싸워 본 적이 거의 없다.

하지만 영이는 그런 나에게 가끔 정면돌파를 원한다. 우리에게 갈등이 생기면 나는 모른척하거나 피하려고 하는데, 그럴 때마다 영이는 내가 그냥 다 까놓고 말하길 원한다. 아니 정확히 말하자면 싸울 만큼 싸우고 화해하길 바란다. 어떤 오해도 없이 말이다.

영이와 친구가 된 후 나는 기억도 안 나는 소소한 이유로 종종 영이와 갈등을 겪는다. 그리고 성인이 되기 전까지 사람과 거의 싸워 본 적 없는 나에게 영이와 투닥거리며 지내는 경험은 아주 특별하다. 오해하고 곱씹고 갈등하고 결국 인정하는 그 과정이 너무나 충격적이고 인상적이다.

그리고 영이가 무관심한 사람에겐 갈등이 생겨도 슬쩍 피하기만 하는 모습을 보고 그게 나란 친구를 정말 좋아해서 하는 행동이란 것도 알았다. 아, 좋아하는 사람에겐 싸움도 사랑의 방식이 될 수 있구나. 영이에게서 처음 알았다. 어쩌면 내가 친구들과 거의 싸우지 않는 이유가 갈등의 모든 과정이 단지 귀찮고 무서워서일수도 있다는 생각이 들었다.

비슷하게 나는 어릴 적부터 가까운 사람들과 갈등을 겪는 게 귀찮고 무서워서 '사람들이 좋다고 하는 것'을 삶의 기준으로 삼았다. 나를 지켜보는 사람들이 있고, 그들에게 인정받는 나로 사는 것이 괜찮은 삶이라고 단정 지었다. 그런 삶은 꽤 괜찮았다. 삶의 기준이 명확해 내면에 혼란을

겪을 일도 없었고, 타인의 시선을 의식하는 삶이었기에
남과 충돌할 일도 없었다. 내가 바라던 평화가 존재한다고
믿었다.

하지만 시간이 흐르고 나이를 먹으면서 성숙해진 생각이
몸 밖이 아닌 안으로 흐르자 나의 내면에서도 거친 파도가
일기 시작했다.

"내가 이제껏 이것들을 어떻게 쌓아 왔는데……. 알지도
못하면서 망치지 마."

지금껏 지켜 왔던 내가 말했다.

"나는 원래 혼란스러운 사람이야."

파도와 함께 새로 밀려든 자아가 말했다. 두 개의 자아가
치열하게 충돌했다. 그리고 마침내 사랑을 시작했을 때,
나는 비로소 내 안의 갈등을 인정하기로 했다. 사랑은 내가
태어났을 때부터 갖고 있던 날것의 감정을 이성 사이로
비집고 나오게 했다. 이제껏 무시해 온 나의 거친 면들을
무시할 수가 없었다.

이상적으로 그려 놓은 예쁜 연애의 그림이 망가지는
순간, 말도 안 되는 일로 유치하게 싸우던 모든 순간 등
연애는 매 순간 이성과 날것의 감정을 싸우게 했다. 감정에
빠져 허우적대면 이성적인 내가 그런 나를 질책했다.
사랑에 이성적인 잣대를 들이밀면 사랑에 빠진 내가 '그건
사랑이 아니야'라며 죄책감을 느꼈다. 그렇게 사랑에 서툰

나는 매일 나와 싸웠다.

　이별을 하고 혼자가 되었을 때마다 사랑에 실패했다는 생각에 영이와 싸웠던 그때처럼 나는 내게 화가 났다. 갈등이 생겼으니 나와 나, 우린 대화가 필요했다. 마음속의 소리는 더는 억눌리고 숨지 않았다. 나는 이제 내면의 파도를 인정하고 받아들여야 할 시간이 왔다는 사실을 알게 되었다.

　이별은 자기 합리화와 동시에 상대의 행동을 합리화하는 이상한 시간이다. 그를 사랑했던 나를 미워하고 싶진 않지만 동시에 그를 아직도 잊지 못하는 내가 미웠다. 나는 혼란스러웠다. 미련을 깨끗하게 털고 싶지만 털지 못하는 내가 이상하게 느껴졌다. 이상적인 나의 모습과 미련한 내 모습 사이에서 어떤 선택을 해야 할지 혼란스러웠다. 계속 내 것이라 여겨 왔던 나의 마음과 몸이 내 것이 아닌 것처럼 느껴졌다.

　타인과 갈등이 생겼을 때는 굳이 화해하지 않고 넘어가며 결별할 수 있지만, 자신과는 그럴 수가 없다. 내 몸과 마음이, 뇌와 심장이, 오장육부가 모두 붙어 있고 매일 봐야 하는 사이라 어쨌든 끝을 봐야 한다. 그 끝에 결별은 없다. 끝을 보지 않으면 몸이 아프거나 누가 봐도 정신적으로 혼란한 상태가 된다. 그래서 참다못해 나는 이상한 나에게 뜬금없이 말을 걸었고, 예상보다 많이 이상한 내게 화도 많이 내 보았다.

나는 아직도 내게 말을 거는 중이다. 오해도 풀고, 종종 다시 오해하면서. 그리고 그때 싸움을 시작한 덕분에 나는 내게 말을 거는 방법을 배웠다. 영이와 그랬던 것처럼 종종 싸우면서 사이좋게 지내고 있다. 혼란스러워지면 내게 묻는다. 전과는 달리 나는 나와 화해하기 위해 애쓰며 살고 있다.

영이가 말해 준 것처럼, 예전의 내 머릿속이 남들의 기준과 나의 기준이 대립해서 혼란했다면 지금은 싸울 때 싸워도 내가 기준이라서, 나라는 꽃으로 가득해서 내가 나의 말을 말한다. 누군가의 날 선 말에도 나의 색과 향이 가득한 말을 뱉을 수 있다.

태교 같은 삶

우리 가족은 정말 나를 귀하게 키웠다. 특히 우리 엄마는
더욱더. 자랑이 아니고, 정말 객관적으로 그랬다. 엄마는
새벽에 일을 나가면서도 하루도 거르지 않고 아침밥을
차려 주었고, 독서실에서 새벽에 귀가하는 나를 항상
기다려 주었다. 밤은 위험하다는 이유로 언제나 통금이
있었다. 무엇보다 엄마는 내 표정을 귀신같이 읽어 냈다.
내 표정이나 행동이 평소와 조금이라도 다르면 엄마는
어김없이 무슨 일이 있는지 물어보았다.

엄마는 내가 다 자라도 태교를 하는 것처럼 보였다.
언제나 내가 상처받지 않고 좋은 삶을 살길 바랐다.
모든 부모의 염원일 테지만, 엄마의 정성은 누가 보아도
명확하게 보일 정도였다. 엄마는 내가 좋은 것만 보고 좋은
것만 들으며 잘 살길 바랐다. 그걸 알아서 나는 엄마 말을
무척이나 잘 듣는 딸이 되었고 그 점에서 엄마는 늘 나를
보며 안심했다.

그런 엄마와 밥을 먹은 다음, 남자친구를 만나서 싸운 날
괜찮은 척 집으로 돌아가야 했을 때 나는 숨을 쉬지 못했다.

눈을 떠 보니 병원이었고, 싸운 일이 무색하게 남자친구는 내 손을 꼬옥 잡고 있었다. 몸에는 아무 이상이 없다고 했다. 괜히 꾀병을 부린 것 같아서 나는 다시 괜찮은 얼굴을 하고 귀가했다.

그로부터 수년이 지난 지금의 나는 공황 장애와 우울증을 안은 채 2년 넘게 치료를 받고 있다. 내가 나의 병명을 알게 된 것이 2년 전이고, 지금 돌이켜 보면 나의 병이 시작된 시점은 훨씬 더 오래전일 것이다. 스무 살이 갓 넘어서는 이상을 꿈꾸며 현실을 마주했고, 현실은 이상이 아니라 겪어 내야 할 고난임을 직감하기 시작한 20대 중반부터 나는 가끔 숨 쉬기 힘들었다.

인정하기 싫었다. 나보다 똑똑하고 잘난 사람들이 차고 넘치는 세상, 수영하는 법을 가르쳐 주지도 않으면서 열심히 발버둥 치지 않으면 나를 짓누르는 사람들 위로 떠오르기 힘든 경쟁 사회, 알고 보니 환희가 아니라 책임의 무게로 짓눌릴 때가 더 많은 사랑까지 현실은 내가 꿈꾸고 일기장에 적어 온 망상과 매우 달랐다.

그래도 할 수 있는 것들이 있다. 밤을 새워 공부하는 날을 늘리면 시험에 합격할 수 있었다. 사고 싶은 걸 사지 않고, 먹고 싶은 걸 먹지 않으면 돈을 모아 여행을 갈 수 있었다. 어른들의 말을 잘 듣기만 하면 엄마는 언제나 안심했고 가정은 화목했다. 하지만 사랑과 마음은 내가

어떻게 할 수 없었다. 어떻게 하려고 하면 오히려 더 내
뜻대로 되지 않았다.

엄마의 뜻대로 흘러가길 바랐던 마음은 점점 자아를
드러내었다. 사랑은 언제나 상상처럼 되지 않았다. 이별은
피할 수 없었고 항상 생채기를 냈다.

"내가 걔는 처음부터 싹수가 노랗다고 했잖아."

엄마의 의사에 반하는 행동을 하다가 상처를 받은 나는
엄마와 부딪치는 날이 많아졌다. 내가 엄마를, 엄마가 나를
이해할 수 없는 날들이 늘어 갔다.

나도 상처받고 싶지 않았다. 깨끗한 마음을 가지고
싶었다. 하지만 어른들도 안다. 그 누구도 삶이 주는 상처를
피할 수 없고, 그건 내 의지와는 상관이 없다는 사실을.
그래서 나는 엄마가 나에게 상처를 극복하는 방법을 가르쳐
주길 바랐다. 나는 피하는 방법보다 그걸 원했다. 삶의
고난과 고민은 누구에게나 찾아오니까.

엄마가 동생을 낳고 한참 육아에 전념했을 그 나이가
된 나는 이제 엄마의 마음을 조금씩 이해한다. 왜 피하는
방법만을 가르쳐 줄 수밖에 없었는지 알게 됐다. 그건
엄마도 몰랐기 때문이다. 사랑과 삶이 주는 상처에서
벗어나는 방법을 아는 사람은 없다. 그러니까 엄마가 할 수
있었던 일은, 차라리 피하게 만드는 거였다.

그런 엄마에게 꼭 해 주고 싶은 말이 있다. 엄마는

내가 좋아하는 사람이 생길 때마다 축하보다는 걱정을 먼저 했는데, 아마도 연애나 사랑이 행복이 아니라 수행에 가깝다는 걸 알아서였을 거다. 하지만 나는 이제 기꺼이 나의 상실과 실망을 견뎌 낼 각오가 되었다고 말해 주고 싶다. 피하기보단 차라리 맘껏 기대하며 뛰어들고, 기대한 만큼 실망하고, 실망하는 나를 스스로 위로하며 살겠다고 말해 주고 싶다.

물론 '내 몸은 내가 지킨다'라는 불변의 진리를 위해 위험한 행동을 하진 않을 테다. 이 세상에서 좋은 것만 볼 수 있다면 그렇게 하겠다. 피할 수 있다면 굳이 상처받지 않겠다. 그러나 사랑만큼은, 힘들 것을 알면서도 나는 할 테다. 사랑하는 사람에게 기대하고 실망하고, 우리 관계가 주는 무거움에 버거워하면서, 앞으로 다가올 미래에 대한 불안을 안으면서 나는 사랑할 것이다. 지금까지 나를 지켜 준 아빠와 엄마처럼 말이다.

눈물겨운 전투와 상처의 시대

2

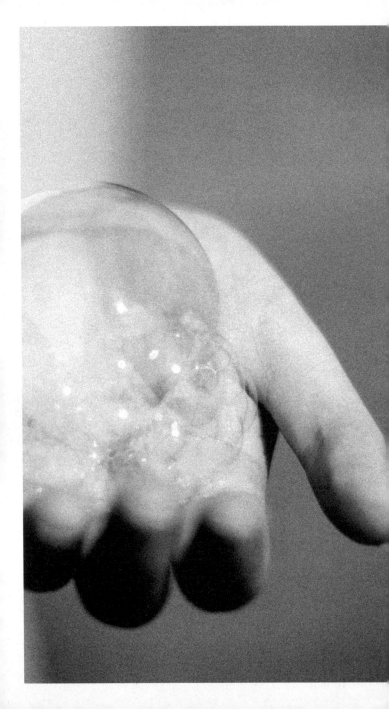

향수와 샴푸의 소개팅

글쓰기 모임에서 만난 한 언니가 모임 주제로 제비뽑기에서 내 이름을 뽑아 나에 대해 글을 쓰게 되었다. 그 언니는 별안간 샴푸 이야기로 글을 시작했는데, 말미에는 이런 문장이 나왔다.

"그녀는 샴푸 같다. 일상 속에서 바쁘게 지내다 보면 정작 향기가 나는지 인식하지 못하지만, 누군가에게 계속해서 스치듯 떠오르는 향기. 오랜 시간 알아 갈수록 익숙하고 좋은 향기. 언젠가, 같은 샴푸 향을 맡게 되면 불현듯 생각나는 사람."

당시에는 나를 그렇게 묘사해 준 언니에게 감동했지만, 소개팅에 매달릴 때까지만 해도 나는 샴푸 말고 향수 같은 사람이 되고 싶었다. 첫 향부터 강렬한 사람, 자기만의 향기가 확실한 사람, 꼭 필요하지 않아도 찾게 되는 사람. 나는 그런 사람이 되고 싶었다. 그래서 언제나 사람이 있는 곳엔 잘 차려입은 내가 있었고, 언제나 누구에게나 크게 웃었다.

향수와 샴푸의 차이가 극명하게 드러나는 자리 중

하나가 바로 '소개팅'이다. 소개팅에는 은은하게 파고들
시간조차 없어서 샴푸에게는 기회 따위 오지 않는다. 향수가
이기는 자리, 그게 바로 소개팅이라고 생각했다. 샴푸와
향수는 들어 있는 성분 자체가 다르다. 애초에 샴푸는
향수가 될 수 없고 향수는 샴푸가 될 수 없다. 샴푸는 향수가
될 수 없다는 사실을 몰랐던 어린 나는 어떻게든 향수가
되고 싶어서 애를 썼다.

　그렇게 애를 쓴 소개팅에서 샴푸는 샴푸를 만나게 된다.
자기가 향수인 줄 알고 있던 샴푸는 샴푸를 원하지 않는다.
그리고 그건 상대도 마찬가지다. 그렇게 상대도 나도
무난해서 실패로 끝나는 경우가 대부분이었다. 내가 향수가
되려고 얼마나 애를 썼는데. 소개팅을 위해 새로 산 옷이,
아침에 얼굴이 부을까 참아 왔던 야식과 맥주가 떠오른다.
소개팅을 위해 아무리 애를 써도 사랑이란 게, 남자친구가
손에 잡히지 않았다.

　그때 알았어야 했다. 소개팅은 나와 맞지 않는다고
말이다. 처음 만난 사람 또는 몇 번 만나지 않은 사람에게
보여 줄 수 있는 것이 뭐가 있을까. 외모, 옷차림, 말투,
화장, 태도 같은 외적 요소가 있을 것이다. 나는 소개팅에
임할 때마다 이 외적 요소 중 하나라도 내게서 하자가
보일까 봐 신경을 많이 썼다. 이들 중 하나가 나의 소개팅
당락에 결정적인 요인이 될 거라고 착각하며 살았다. 반은

맞고, 반은 틀렸다. 사람 마음이라는 게, 상대가 마음에
들면 옷차림이 어떻든, 화장이 어떻든 상관없이 그 사람만
보이는 법이다. 반대로 마음에 들지 않으면, 아무리 하자가
없어도 그건 무난한 소개팅일 뿐 그 이상도 그 이하도 아닌
게 된다.

그러나 거절을 하고, 거절을 당한 나는 집착적으로 애를
썼다. 아무리 노력해도 나는 무난하고, 티가 나지 않아서
노력 그 이상의 애를 썼다. 그럴수록 내가 가진 나의 향기는
자꾸만 다른 향으로 덮일 뿐, 제 냄새를 내지 못하게 되었다.

내가 소개팅에서 상대에게 어필해야 했던 건 그
순간의 내가 아니었다. 그동안의 나였어야 했다. 어차피
이러나저러나 실패했을 소개팅이라면 내가 소개팅
상대에게 보여 줘야 했던 건 예쁜 옷과 화장, 예쁜 척이
아니라 나라는 사람에 관한 진솔한 이야기였다. 그랬더라면
소개팅에서 어색한 웃음으로 중무장하기를 포기하고
기꺼이 서로에게 시간을 내어 준 상대에 대해서, 나에
대해서 말하고 듣는 데 시간을 투자했을 것이다. 그랬더라면
그때를 회상할 때 지금보다는 덜 허탈했겠지. 그때의 나는
사람 좋아 보이는 척에 능한 소개팅 기계에 가까웠다.

소개팅 기계가 되면 남자친구가 생길 줄 알았지. 샴푸는
향수를 뿌리면 다 되는 줄 알았다. 하지만 너무 향수인
'척하면' 그 속의 내가 가려진다. 필요 이상으로 너무 애를

쓰면 사람이 참 절박해 보인다. 그래서 만약 누군가 과거의 나에게 해 주고 싶은 말이 있느냐 물으면 나는 어린 나를 위해 단박에 이렇게 말할 것이다.

"없어 보이니까 이제 그만하자."

까마귀의 대외비

내겐 수치스러운 비밀이 하나 있다. 하지만 수다쟁이에게 비밀은 없으니 여기서 솔직하게 털어놓기로 한다. 나는 친구들에게 거짓말을 잘하는 지질한 친구다. 친구의 기쁨을 질투했고, 친구의 슬픔에 쓸데없는 위안을 받기도 했다. 부족함이 없는 친구를 부러워했고, 항상 친구가 떠나갈까, 내가 그들 속에 속하지 못할까 두려워하면서도 그 앞에선 웃음으로 내 불안을 포장했다.

솔직히 내 친구들은 밝고 예쁘다. 빈말이 아니고 정말 인기가 많았을 정도로 예쁘다. 그리고 음흉한 기운이 없이 밝다. 나는 그런 친구들 사이에서 그들처럼 보이고 싶었다. 그래야 안심이 되었다. 마치 흰 양들 사이에 숨은 까마귀 같았다. 나도 친구들같이 희고 보드라운 털을 가지고 싶었다.

연애에서도 마찬가지였다. 나 빼고 친구들은 모두 제 연애를 잘 해냈다. 친구들뿐만 아니라 쟤도, 내 옆에 얘도, 심지어…… 쟤도? 죄다 커플 아니면 '썸'이라도 타고 있었다. 그리고 그사이에 소개팅만 주야장천 하는 내가 있었다. 어쩌면 당연하다. 그때 나는 흰 양이 아니라 시꺼먼 까마귀였으니까. 까마귀는 흰 양들 속에 숨어 있어도 튈 수밖에 없다. 쉽게 걸러질 수밖에 없다. 그래도 까마귀는 양들 앞에서 웃었다. 웃지 않으면, 괜찮지 않으면 양들과 놀 수 없을 것 같았다. 가장 친한 친구 은과 수에게도 나는 거짓으로 치장한 친구였다.

수와 함께 카페에 갔다. 맑은 얼굴을 가진 수는 누구에게나 사랑받았다. 나도 그런 수를 사랑했고, 수의 옆에 있는 내가 좋았다. 수는 진심으로 내가 좋은 사람을 만나길 바랐다. 그와 반대로 수의 주변은 항상 사람으로 북적이는 것 같아서 내가 같은 걱정을 수에게 할 필요는 없어 보였다. 내 휴대폰은 세 시간에 한 번 울릴까 말까 했지만, 수의 휴대폰은 쉴 줄을 모르다 팍하고 꺼져 버린 게 그 방증이었다.

"너랑 사진 찍고 싶었는데."

수가 내 휴대폰으로 같이 사진을 찍자고 했다. 그녀에게 휴대폰을 건네는 순간, 꺼지지 않은 내 휴대폰이 야속했다. 나는 이 예쁘고 분위기 좋은 공간에 우리가 있다는 것보다 내 휴대폰에 배터리가 넉넉하게 남았다는 사실이 더 신경 쓰였다. 수에게 소개팅이 잘된 것 같다고 했는데, 내가 만날지 말지 고민 중인 척했는데 사실 그에게 연락 한 통 없다는 사실을 들킬 것 같았다.

만약 이 타이밍에 메시지가 오기라도 한다면…….

'만나서 즐거웠습니다. 잘 지내세요.' 예의 바르고 뼈 아픈 그 답장이 수의 손에 있을 때 오기라도 한다면. 거짓말쟁이의 발이 저린다. 하지만 수는 한 번도 울린 적 없는 내 휴대폰을 전혀 신경 쓰지 않은 채 웃고 있었다. 여기, 네가 예쁘게 나와. 같이 찍자. 의심 없는 순수가 발을 더 저리게 만들었다. 저런 투명한 웃음은 도대체 어떻게 짓는 걸까. 어정쩡한 나의 입꼬리가 신경 쓰였다.

갑자기 수가 "있잖아" 하고 말을 꺼냈다.

"나 그 사람이랑 헤어졌어."

당시 뮤지컬 배우를 만나고 있던 수는 그 사람의 무심한 행동과 자신의 지인에게까지 꼬리를 치던 쓰레기 같은 짓에 관해 이야기하고는 단박에 연애를 끝냈다고 알려 주었다.

그날 밤, 나의 친구를 열심히 위로했지만, 집에 혼자 돌아온 나는 이상한 기분을 떨칠 수가 없었다. 오늘, 나 혼자 괜히 찔려서 민망했던 손이 다시 생각났다. 태연하게 말했지만, 상처받은 게 분명한 친구의 이별에서마저 나는 비정상적인 부러움을 느끼고 있었다.

사실 뮤지컬 배우를 만나는 수를 나는 참 부러워했다. 그를 만났던 수 덕분에 비싼 값의 뮤지컬도 공짜로 볼 수 있었고, 뮤지컬 배우와 인사할 기회도 생겼으니까. 더구나 그를 만나는 수는 좋은 차를 타며 좋은 곳을 다니는 것 같았다. 그걸 보고 나는 '나라면, 아니 나도' 하고 바랐다.

　나라면 그 상황에서 수처럼 단박에 관계를 끝낼 수 있었을까? 소개팅이 실패했다는 말도 못 하고 잘된 것처럼 포장하는 내가? 아니지, 오히려 내가 뮤지컬 배우를 찼다며 영웅 소설을 한 편 썼으려나. 이러나저러나 나는 '척'에서 벗어날 수 없겠군.

　수와 같은 단단한 마음은 어떻게 가질 수 있는 것일까. 그러나 반짝반짝 빛이 나는 수에게는 또 다른 '그'가 곧 생길 것이 분명했기에 나의 쓸데없는 상상과 제 발 저림은 아무 의미 없음을 이내 깨닫는다. 그녀의 단호함과 솔직함은 충분한 사랑에서 비롯된 여유이고 나에게는 없는 것이니까. 부럽다.

　나에게 여유가 없는 이유가 내 처지 때문이란 생각에 이부자리에서 울컥 눈물이 났다. 나는 사람마다 각자의 처지가 있다고 생각한다. 그리고 나는 사춘기 무렵부터 나의 처지를 아주 잘 알고 있었다. 사실 내가 그 무렵 알아채기 시작한 것은 '처지'보다 '위치'에 가까웠는데, 나의 위치는 아주 명확했다. 나는 타인의 관심을 위해 무던히 애써야 하는 '시선 밖의 사람'임이 분명했다. 그렇게 따지자면 나의 친구 은과 수는 '시선 안의 사람'에 속했다. 그리고 은과 수를 포함해 나보다 훨씬 잘난 사람들이 내 주변을 둘러싸고 있었다. 그 속의 나. 내게는 노력할 필요가 있었다.

인위적으로 입꼬리가 올라간다. 내 처지를 그들이 알아서는 안 된다. 나는 그렇게 내 인생을 거짓말로 얇게 감쌌다.

하얀 양들 속에 있는 까마귀는 주변에 떨어진 양털을 제 날개에 꽂기 시작했다. 까마귀는 제 위치를 들킬까 봐 울 수도 없었고, 날지도 못했다.

아무거나 먹지 마

"아무거나 먹지 마."

"에?"

"아무거나 먹지 말라고. 뭐든지 아무거나 먹으면 탈 나."

고백을 결심하고 있었다. 그와 나는 술을 마시고 있었고, 단둘은 아니었으나 함께 동석한 친구가 이미 정신을 잃고 쓰러져 있는 상태였기에 나는 때가 되었다고 생각했다. 정적. 고백하기에 좋은 정적. 그 정적을 깨고 그가 대뜸 아무거나 먹지 말라고 했다.

그가 말을 멈추고 술에 취해 널브러져 있는 내 친구를 짊어졌다. 이제는 일어나자 했다. 그날따라 그는 반대 방향에 사는 날 데려다준다고 했다. 함께 탄 버스에서 별말을 하진 않았으나 그가 모두 눈치를 채고 있고, 그런데도 아무런 기회도 주지 않았다는 점에서 별안간 눈물이 났다. 그는 아무 말도 하지 않았고, 그렇게 조용히 날 집 앞까지 데려다주고 떠났다.

'내가 먹겠다는데.'

탈이 나도 괜찮았다. 차라리 장염이라도 걸리고 싶었던

내 마음을 그는 알았을까. 그때는 너무 배가 고파서 그의
말이 무슨 말인지 전혀 이해할 수 없었다. 사실 이해하고
싶지도 않았다. 그날 밤, 술에 취한 것은 분명했으나 정신이
너무 또렷했다. 또렷한 정신으로 이불 속으로 숨자니 너무나
괴로웠다. 괴로운 밤이었다.

　사실 이전에도 그에게 몇 번이나 어렴풋하게 거절당한
적이 있다. 그만큼 티가 나는 짝사랑이라 학교 사람
대부분이 내가 그를 좋아하고 있다는 사실을 눈치채고
있었지만, 친한 후배였던 나에게 그는 항상 선을 그어
왔다. 그래서 그런 분위기와 말이 전혀 예상치 못한 것은
아니었지만, 이번엔 달랐다. 어느 때보다 담담하고 직접적인
거절이었다.

　그는 "나는 아무거나 안 먹어"라고 하지 않고 나에게
"아무거나 먹지 마"라고 얘기했다. 이제 와 돌이켜 보면,
그에게 참 어울리는 거절이었다고 생각한다. 사람에게
함부로 하는 법이 없던 사람. 학점은 엉망이었어도 모르는
책이 없던 사람. 그런 그가 아끼는 후배에게 표하는 가장
정중한 거절이자 조언이었다.

　그를 회고하며 어렸을 적에 귤을 급하게 먹다 체한 일이
떠올랐다. 이모가 우리 집에 놀러 오시면서 내가 좋아하는
귤을 한 상자 사 오셨다. 나는 조용히 그리고 빠르게
어른들이 눈치챌 새도 없이 귤을 한 알 한 알 입속으로

집어넣었다. 원체 하는 행동이 느려서 아무도 나를 신경
쓰지 않았다. 내가 주황색 토를 내뱉기 전까진.

　나는 엄마와 이모네 식구들이 모두 모인 자리에 한마디
없이 조용히 앉아 있다가 갑자기 화장실로 뛰어갔다. 토를
하면 엉덩이가 씰룩거렸고, 엉덩이를 변기에 대면 목에서
무언가가 꿈틀거렸다. 여덟 살의 나는 귤을 먹고 급체했다.
종일 화장실에서 변기를 부여잡았다. 어린 나이에 찾아온
인생 고비였다. 눈물이 찔끔 났다. 그 후 한동안은 죽도 뱉어
냈다.

　하지만 나는 가장 좋아하는 과일이 뭐냐고 누가 물으면
여전히 귤이라 답한다. 어렸을 적에 그렇게까지 체했으면
못 먹는 음식에 들어도 이상하지 않을 법한데, 그래도 나는
귤을 가장 좋아한다. 내가 부여잡은 변기통의 모양까지
떠오를 만큼 그때의 기억이 선명한데 알 수 없는 이유로
천천히 귤을 한 알 한 알 떼어 먹는 버릇까지 여전하다.

　다행히 그때 이후로 조심성이란 게 생겼다. 좋아하는
음식도 잘못 먹으면 체하니까. 너무 많이 먹으면 화를 면치
못하니까. 조심해야 한다는 생각.

　귤과 그 선배를 같이 놓고 보니 내 연애사에 의문이
든다. 왜 나는 귤을 먹고 체한 후에는 귤을 조심스럽게
좋아했으면서, 선배 말을 귓등으로도 듣지 않고 이후로도
사람은 아무나, 미련하게 좋아하려 했을까. 사람을

귤만큼이나 조심해서 사귀었으면 그 정도의 '흑역사'는
쓰지 않았을 텐데. 선배 말이 무슨 말인지 생각이나 좀 해
보았다면. 그랬다면 나는 귤을 떠올릴 수 있었을까. 귤도
아무렇게나 막 먹으면 체하는데 사람을, 사랑을 아무렇게나
품으면 주황색 토를 하는 일보다 더한 일도 일어날 수
있다는 생각을 그때의 나는 할 수 있었을까. '빠마머리'의 그
시절 나를 떠올리면 내 대답은 여전히 '아니요'다.

도박 같은 연애

가끔 소개팅을 사랑을 위한 도박 같다고 생각한다. 일단
지인에게 아주 적은 정보를 받고, 시간과 돈을 투자한다.
소개팅 상대가 내 짝일 확률이 얼마나 될까? 상대를 만난 그
순간, 내 짝이 아니면 실패다. '모 아니면 도'인 것이다. 사실
'도'일 가능성이 훨씬 크다. 그러나 소개팅을 앞둔 사람들은
그 '한 방'을 노리며 수없이 많은 자리에 나선다. 나 역시
성인이 된 이후, 첫 연애를 성사시키기 위해 무던히도 애를
썼다.

"여러 다리 걸쳐서 내가 잘 모르는 사람인데……."

이렇게 시작되는 소개팅이 하나 들어왔다. 번번이
소개팅에 실패했던, 실패당하는 쪽에 가깝던 나에게 그
사람의 사진, 키, 직업 따위는 중요치 않았다. 나에겐
'주말에. 만난다. 남자. 한다. 데이트'가 중요했다.

평일에는 위장에 술을 들이붓고, 허전한 주말을 숙취와
순대국밥으로 채우는 삶. 그 패턴을 깨 버리는 게 그때
내 인생의 가장 중요한 과제였다. 나이와 이름만 알던 그
미지의 사내에게 나는 '모'를 기대했다. 그러나 그를 신촌역

빨간 거울 앞에서 마주했을 때 나는 확신했다. '도'였다.

당시 유행하던 빠네를 먹었다. 지난주 소개남과 크림 파스타를 먹어서 좀 물렸지만, 깨작거리는 사람처럼 보이지 않게 적당히 신경 썼다. 그가 잠시 화장실로 자리를 비운 사이 "이번에 밥 사 주셨으니까 다음엔 제가 맛있는 거 쏠게요"라는 말은 절대 하고 싶지 않아서, 아니 사실 '먹튀'로 보이기 싫어서 미리 계산했다. 식사를 마치고 일어나 계산대로 앞장선 그가 이미 결제가 끝났음을 알고 보인 반응은 내 예상과 달리 감동에 가까웠다.

정석대로 이후엔 카페에 갔고 아이스커피를 너무 빨리 마셔 버렸다. 시답지 않은 얘기를 하던 중 그가 "이제 말을 편하게 할까요?" 하고 묻기에 나는 "아, 제가 원래 말을 잘 못 놔요. 편한 대로 하세요"라고 답했다. 거짓말이었다. 그가 결국 먼저 말을 놓았고, 오빠라고 불러도 된다고 했지만, 나는 어정쩡하게 웃으며 교묘하게 호칭이 필요한 말을 피했다. 얼음 사이를 휘적거릴 때쯤 그가 좀 걷자 했다. 구두를 신고 있어 발이 굉장히 아팠지만, 아직 시간이 얼마 지나지 않았으므로 마지막 예의라 생각하며 일어났다.

당당하게 연세대 캠퍼스 안으로 들어선 그가 그의 예상과 달리 한창 공사 중이라 황사와 먼지가 뒤엉킨 캠퍼스 모습에 적잖이 당황했다. 그나마 괜찮아 보이는 벤치에 잠시 앉자 했다. 나는 나와 그 사이에 가방 두 개 정도의 거리를 두었다. 기분 탓일까. 옆에 앉은 그가 점점 가까워져 오는 듯했다. 그 '거리'에 신경이 거슬릴 때쯤 그가 뜬금없이 말했다.

"그럼, 우리 사귀는 건가?"

망아지 울음소리처럼 들렸다. 기가 막힌 그 말에, 그 타이밍에 내가 웃었다. 충격적이었다.

"하하하. 무슨 소리예요."

애써 무마하려 했지만, 그는 매우 진지했고 나는 그를 겨우 설득해 집으로 돌아왔다.

그렇게 그와 나는 100일이 채 되지 않게 만났다.

"도대체 이게 무슨 전개야? 그게 어떻게 그렇게 돼?"

이 이야기를 듣고 있었던 친구가 격정적으로 내뱉은 말이다. 그에 답했다. 그날 혼자 집에 돌아오는데 발이 너무 아팠다. 짜증이 났다. 이제 파스타에 피자 세트도 그만 먹고 싶었고, 그걸 먹으면서 세상 좋은 사람인 척하는 의미 없는 노력도 그만하고 싶었다. 사랑보다 연애가 하고 싶었다. 그때의 나는 사랑하는 사람을 만나는 것보다 남자친구가 생기는 게 더 중요했다. 그리고 결정적으로 상대방이 적극적으로 호감을 보인 경우는 그가 처음이었다.

도박 같은 소개팅에 이어 도박 같은 연애를 시작했다. 이상하게 시작했지만, 그도 나도 이 연애가 잘될 거라는 희망에 중독되었다. 가면 갈수록 안 되는 게 뻔히

보였음에도 다음에는 잘될 거야, 다음에는 나아질 거야
하는 끝없는 희망에 중독되어 그 '다음'을 기다렸다. 그렇게
100일 동안의 희망 중독 끝에, 나는 그와 자지 않았다는
이유로 헤어졌다. 그렇게 도박판이 끝났다. 그와 나 모두
망해서 도박장을 떠났다.

　흔히 도박에 중독된 사람은 도박이 주는 상처에
아파하면서도 일확천금의 희망으로 현실에 관한 판단이
둔감해져 도박을 끊기 쉽지 않다고 한다. 희망에 중독되는
일이 그렇게나 무섭다. 그래서 도박을 시작하면 안 되는가
보다 하고 그때의 나를 떠올리며 반성한다. 그만큼 나는
절박했다. 내게 사랑이 없어서 사랑에 목말라 있었다. 그냥
시작이라도 하면 나중에 잘 되겠지. 나중에 행복하겠지.
사랑의 결핍은 희망 중독을 만들어 냈다.

　희망은 실현되지 않으면 결국 거짓말이다. 내가 나에게
하는 거짓말이다. 그와 나의 연애는 희망으로 시작해서
거짓말로 끝났다. 나는 아무리 발이 아파도, 파스타가
지겨웠어도, 현실을 직시하기 두려웠어도 어처구니없는
희망을 품지 말아야 했다. 내가 나에게 거짓말을 하면 안
됐다.

뒤늦게 부치는 사과

모든 연애에는 자국이 남는 것 같다. 긍정적인 쪽이든
부정적인 쪽이든 인생에 자국을 남긴다. 내 첫 연애도
마찬가지였다. 도박 같은 시작, 연애라고 보기엔 모호했던
100일의 시간, 그리고 잠자리를 거절해서 당한 이별까지.
이별도 시작만큼이나 덤덤했지만 나는 덤덤하지 않았다.
이별의 상처도 처음이라 인지하지 못했을 뿐, 나의 첫 번째
이별도 나에게 자국을 남겼다.

첫 번째 연애가 끝난 후 나에게 필요한 건 역시
연애였다. 다음 연애는 이전 연애보다 괜찮을 거라 막연하게
믿었다. 변한 건 하나도 없는데 다들 그러니까, 똥차 다음
벤츠 온다는 말도 있으니까 내 상황도 나아질 거라 믿었다.
그리고 기적적으로 나에게 그런 일이 일어났다.

나를 정말 좋아해 주는 사람을 미팅에서 만났다. 예쁜
친구들이 소개팅 멤버였기에 거의 포기하고 나간 자리라
그냥 신명 나게 마시고 놀았을 뿐인데 그는 그런 내가 맘에
들었다는 것 같다. 갑자기 그의 친구 중 한 명이 나를 따로
불러내더니 말했다.

"쟤가 너 맘에 들어 하는 것 같더라."

그때 그는 나에게 아무런 말도 하지 못했는데, 그게 참 지질하면서도 웃음이 났다. 좋아하는 애가 생긴 애처럼, 친구 시켜서 고백하는 게 애 같아서 웃음이 자꾸만 나왔다. 그는 연애도 사랑도 사람 자체도 그의 고백만큼이나 참 순수하고 맑았다. 열정이 넘쳤고, 최선을 다해 사랑했다. 그의 사랑을 받는 나도 처음으로 '연애는 이런 것'이라고 생각했다.

툭.

그런데 자꾸만 돌부리처럼 무언가 걸렸다. 우리의 연애는 툭, 툭 무언가에 자꾸만 걸려서 종종 앞으로 나아가지 못했다. 우리 앞을 가로막고 있는 이건 뭘까? 확인하는 순간 나는 깨달았다. 원인은 내게 있었다. 지난 연애의 찌꺼기를 제대로 정리하지 못하고 서둘러 연애를 시작한 내게 있었다. 자꾸만 그의 진심이 이전 연애의 허물과 겹쳐 보였다.

그도 사실 똑같은 건 아닐까? 그도 내가 밤을 거절할 때 날 떠나지 않을까? 밤마다 집 앞에서 아쉬워하는 그의 발걸음이 로맨틱하다기보다 두려웠다. 여기서 내가 매일 돌아선다면, 저 아쉬움을 무시한다면 나는 또 끝인 걸까.

비교. 그 어디에서도 꺼내면 안 되는 카드를 내 연애에 들이밀고 있었다. 그것도 이전 연애와 자꾸 비교했다. 최악

중의 최악이었다. 그 검은 속내를 아는지 모르는지 그는
내 앞에서 속도 없이 웃기만 했다. 성급하고 말도 안 되는
전 연애를 정리하지 않은 채로, 비교와 불신의 마음을
해결하지 못한 채로 나는 저 순수한 마음을 받아 버렸다.
분명 나에게 문제가 있었다. 문제를 가진 채로 더는 이
순수함을 받아들일 자신이 없어졌다.

자신이 없다고 결론이 나자 나의 태도는 급격하게
변했다. 예전과 다른 눈빛, 반응을 그가 눈치챘고 그래서 더
필사적으로 우리의 관계에 그리고 나에게 최선을 다했다.
그의 노력에도 불구하고 우리의 로맨스는, 정확히 말하면
나의 로맨스는 짧게 끝났다. 고맙게도 나에게 끝까지
마음을 내어 준 그는 마지막으로 열 장의 편지를 빼곡히
써 주고 다시는 연락하지 않았다. 건네는 손과 동시에 펑펑
우는 그의 앞에서 나는 아무것도 할 수 없었다.

나쁘다. 그날 밤, 나는 나에게 그런 생각이 들었다.
상처를 정리하지 못한 채 그를 만난 내가 나빴고, 그가
나를 사랑해 준 만큼 그를 사랑해 주지 못해서 나쁘다고
질책했다. 펑펑 우는 그의 앞에서 아무것도 하지 못한
내가 나빴다. 그렇게 생각하니 억울해서 눈물이 났다.
이전 연애에서 얻었던 충격적인 기억들이 자꾸 떠올라
나도 괴로운데, 다음 이별이 나쁜 짓까지 되어 버렸다니
나로서는 퍽 억울한 일이 아닐 수 없었다. 모르겠다. 나는

남들은 없을 법한 최악의 경험을 했고, 심지어 나쁘기까지
하다. 이제 사랑받을 수나 있을까. 어린 나는 그렇게 억울한
자기 연민에 빠져 잠들었다.

　이전 연애에서 남은 자국을 방치하기만 하지 않고 잘
덮어 줄 수 있다는 사실을 왜 몰랐을까. 아마 내가 덮어
본 적이 없어서 몰랐을 것이다. 한 날은 친구와 이야기를
잘하다 돌연 눈물이 났다. 그와 이별하고 처음으로 엉엉
울었다. 친구가 왜 우느냐고 물었지만 나는 "내가 미쳤나
봐"라는 말 외에는 정확하게 답을 해 줄 수 없었다. 이제는
나도 내가 그를 정말 좋아했기에 이별의 슬픔이 그렇게
눈물로 터져 나왔음을 알고 있지만, 그때는 좋아하는 사람과
헤어진 게 처음이라 정말 아무것도 몰랐다.

　그렇게 처음으로 연애다웠던 연애도 이전 연애가
되었고, 자국이 남았다. 내겐 부끄러운 자국이다. 내가
아는 게 없어서 좋은 순간에도 나쁜 순간에도 아무것도 해
주지 못했기 때문이다. 과거의 연애가 내게 쓸쓸하고 아픈
기억으로 남은 줄도 몰랐다. 그 결과 그의 순수한 마음에
눈물을 낼 거라고도 생각 못 했다. 사랑과 연애에 무지한
나는 정말 아무것도 몰랐다.

　그래서 그때만 생각하면 참 미안하다. 잘 알았다면,
처음이 아니었다면 더 잘해 줬을 텐데. 그에게도, 나에게도.

외로움의 냄새

"얘도 여기가 개 안 키우는 집인 거 아나 봐."

반려견을 키우는 친구가 강아지를 데리고 집에 놀러 온 적이 있다. 강아지는 한참 집 안의 냄새를 맡으며 돌아다니더니 자신의 주인 곁에 자리를 잡고 딱 붙어 앉았다.

"이 이모한테서는 강아지 냄새가 안 나? 신기해?"

혼자 사는 내게서는 동물의 냄새가 느껴지지 않아서인지 강아지는 자신을 향해 뻗은 내 손의 냄새를 계속해서 맡다 도망치기를 반복했다. 친구는 이제 강아지를 보는 얼굴, 목소리 톤, 만지는 손만 봐도 견주인지 아닌지 구분할 수 있다고 했다. 반려인만 아는 세계라고 했다.

나는 이 통찰력이 익숙함의 영역이라고 생각했다. 반려견과의 삶이 익숙해진 친구와 강아지가 견주를 쉽게 구분해 내는 것처럼 아이를 키우는 집은 아이를 키우는 사람을 쉽게 알아채고, 책에 익숙한 사람은 책을 많이 읽는 사람을 구분할 수 있으며, 술을 좋아하는 사람은 단박에 진정한 술꾼을 알아볼 수 있다. 나는 가끔 그게 무섭다.

관심이 고픈 사람에게도 외로움의 냄새가 난다. 난 그
점이 가장 무섭다. 그 냄새는 외로움을 이용하는 사람 혹은
똑같이 외로운 사람이 자석처럼 끌려오게 만든다. 외로운
사람은 그래서 외로움의 냄새를 감추기 바쁘지만 어쩔 수
없이 티가 난다. 평범한 소개팅 자리의 어떤 날, 맞은편
그에게서 그 냄새가 났다. 잘 차려입은 옷과 옷 사이로
그와 내게서 각자가 가진 외로운 냄새가 났다. 나는 바로
알아챘고 그도 날 알아챈 듯했다.

A와 나는 여느 커플처럼 세 번 만난 후에 사귀기로 했다.
그 이후에도 커플이라면 모름지기 할 일들을 우리는 충실히
이행했다. 다만 그들과 다른 점이 있다면 똑같이 외로움을
감추기 바쁜 서로를 만났다는 것이다. 우리는 사귀기
결심한 그날 더는 외롭지 않기로 마음먹은 사람처럼 다짐
같은 고백을 주고받았다.

"우리 사귀자."

그 말은 '우리 이제 외롭지 말자. 드디어 누군가의
유일한 사람이 될 수 있어'라는 뜻과 같았다. 다른 사람들과
똑같이 굴며 우린 외로움을 깊은 곳에 묻었다. 장례식은
그렇게 끝난 줄 알았다.

"너는 왜 나한테 말하지 않고 결정해?"

A에게 장난을 쳤는데 이런 말이 돌아왔다. "나 단발로

잘랐어" 하고 머리를 자른 척 뒷머리를 감추고 사진을 찍어
보냈다. 내가 단발로 잘랐다고 말한 그 순간 A는 놀라는 게
아니라 화를 내었다. "아냐, 장난이야. 나 머리 안 잘랐어."
바로 얘기했지만, 비로소 안도하는 그를 향해 마음속에
무언가 찜찜한 것이 피어났다. 머리를 자르는 일에도
남자친구의 허락이 필요한 건가. 혼란이 찾아왔다. 그
외에도 의외의 순간에 그는 내 안에 자신이 들어가 있기를
바랐고, 나 역시 그가 예상치도 못한 순간에 내가 그의 속에
들어가 있길 바랐다.

　내가 애인이 있다는 사실에 익숙해졌을 무렵 사랑은
그런 식으로 본모습을 드러냈다. 다짐과 희망으로 가득 찼던
사랑의 시작은 말 그대로 시작에 불과했다. 우리가 너무
어설프게 감춘 탓일까, 함께 있는데도 외로움의 냄새가
다시 올라오기 시작했다. 아니 처음 맡았던 것과는 분명
달랐다. 익숙하지만 더 괴롭고 진한 냄새. 더 진하고 강렬한
외로움은 우리가 만나는 동안 사라진 것이 아니라, 더 깊게
묻힌 채로 썩어 가고 있었다. 케케묵은 썩은 내를 감추지
못하고 외로움은 그 모습을 슬슬 드러냈다. 우리의 분열
사이로 냄새가 비집고 들어왔다. 그걸 알아채기 시작했을
땐 이미 너무 고약해서 애써 무시할 수 없을 정도가 되었다.

　그와 나는 함께하는 사람의 유무와 상관없이 누구에게나
외로움이 있다는 사실을 몰랐던 것 같다. 외로움은 혼자일

때만 나타나는 줄 알았다. 그래서 오랜 기간 혼자일 수밖에
없던 나에게만 외로움이 덕지덕지 묻어난다고 믿었다.
하지만 아니었다. 모두가 외로움을 가지고 있었다. 연애하는
사람도, 강아지를 키우는 사람도, 아이를 가진 부모도,
심지어 사랑을 듬뿍 받고 자란 아이에게도.

나는 그 사실을 A와 오랜 시간 동안 비집고 올라오는
냄새를 감추고, 묻고 또 묻으며 깨달았다. 그리고 감정을
잘 다룰 줄 아는 사람들은 우리와 다르다는 것도. 그들은
불현듯 찾아오는 외로움을 꺼내어 시원한 바람도 쐬게 하고,
깨끗하게 씻어 다시 자신의 일부로 받아들인다는 사실을
너무 뒤늦게 알아 버렸다. 우리는 사랑만 하면 외로움이
해결될 줄 알았는데, 외로움이 해결될 수 있는 문제라고
여겼는데, 전제 자체가 잘못된 시작이었다.

그는 끝없이 사랑과 관심을 갈구하는 나의 외로움을
해결해 줄 수 없었다. 나도 그가 내 유일한 관심사가 되길
바라는 그의 외로움을 해결해 줄 수 없었다. 그렇다고
그런 이유로 헤어질 수도 없었다. 더 나아질 거란 희망은
끔찍하게도 어디에나 있기 때문이다.

낭만적인 사랑이라는 환상

사랑은 꼭 낭만적인 이유로 시작되는 걸까. 아니 꼭 낭만적이어야 하는 걸까. 그렇다면 낭만은 무엇일까. 생각해 본 적이 있다. 사람들이 우리를 보고 낭만적이라고 말했던 그때.

스무 살을 갓 넘긴 시점부터 놀랐던 사실 중 하나는 생각보다 연애를 '합리적인 조건'과 함께 시작하는 사람이 많다는 점이었다. 낭만적인 사랑처럼 보였던 남들의 연애는 예상과 달리 많은 시작 조건이 걸려 있었다. 특히 얼굴에 그림자가 드리워지지 않은 밝고 맑은 얼굴의 사람들이 뜻밖에 그러했는데, 흔히 '조건'이라고 말하는 그 합리적인 시작이 그들의 밝은 면을 더욱 오래 지속시켜 주는 비법인 듯했다. 집안, 학력, 외모, 키, 체격 등 사랑과는 멀게 느껴졌던 그들의 '조건'은 사실 자신의 '밝음'을 지키는 최소한의 방어선이었을지도 모른다.

하지만 A와 나는 그럴 수 없었다. 우린 조건을 밝히기엔 너무 외로웠다. 외로운 시간이 너무 길었다.

서로에게 합리적인 이유를 발견해 연애를 시작하기보다는
비합리적이더라도 사랑만으로 사랑을 시작할 수밖에
없었다. 합리성을 따지다간 시작도 못 하리란 사실을, 둘 다
너무 잘 알았다.

　의외로 이 행보가 합리적으로 연애를 시작하는
사람들에게 신선한 충격이었나 보다. 그들은 조건을
충족한 상태로 연애를 시작했지만, 연애는 누구에게나
호락호락하지 않기에 현실적인 조건 말고도 아주 의외의
지점에서 불안감을 느끼게 만든다. 갑자기 다가온 금전적인
문제, 맞지 않는 가치관, 사소한 습관까지. 그렇게 연애의
벽에 부딪힌 사람들에게는 아예 조건 자체가 없는 A와 나의
관계가 낭만적으로 보인 듯했다.

　때때로 사람들은 남자가 경제적으로 무능력한 시간을
기다려 주는 여자와 여자의 까다로운 감정 기복을 품어
주는 남자에 아주 큰 박수를 보낸다. 그리고 A와 나는
그 모든 조건을 다 갖춘 사람이었다. 우린 그런 사랑을
주고받는 것만으로도 훌륭하다고 평가받았다. 어떤
상황에서도 연을 이어 가던 우리. 나는 어느새 남자를
보필하는 열녀가 되었고 그는 기복 심한 여자를 품어 주는
사랑꾼이 되었다. 속은 다를지 모르고, 과정은 어떠했는지
모르겠으나 어쨌든. 우리의 어쩔 수 없는 사정을 사람들은
'낭만적'이라고 불렀다.

"속상했겠다. 너니까 넘어갈 수 있는 거야."

친구들은 이미 나에게 가상의 열녀비를 세워 줬다.
A가 취업 준비를 하다가 게임에 빠져 '현질'로 데이트할
비용조차 날려 먹어도, 내가 직장 일에 지쳐 있을 때도
혼자 밥 먹는 게 싫다며 나를 도서관으로 부르는 등 사랑을
가장한 철없는 행동으로 고통을 줄지라도, 나는 그걸 사랑의
한 부분이라고 말했다. 솔직히 취업을 준비하던 그에게
사랑은 독이었을지 모른다. 그는 사랑 때문에 사리 분별을
하지 못했다. 언제나 날 보고 싶어 했고, 공부할 때도 내가
곁에 있길 바랐다. 공부하면서도 나와 추억을 쌓길 바랐다.
그렇게 무능력의 시간이 더 길어졌다. 하지만 사람들이
보기엔 그런데도 헤어지지 않고 사랑의 이름으로 품는 나의
곧은 절개가 우리의 연애를 지탱하는 듯했다.

A의 입장도 마찬가지였다. 나에겐 연인에게만 드러내는
까다롭고 날카로운 경계심과 특정한 강박이 있다. 나는
다른 사람들에게 유쾌하고 재밌는 사람이었지만 A에게는
애교 없고 무뚝뚝하며 서늘한 사람에 가까웠다. 시끄러운
걸 유난히 싫어해서 데이트 장소도 까다롭게 골라야만
했다. 비뚤어진 물건을 싫어해서 어딜 가면 물건을 슬쩍
각 맞춰 두는 버릇도 있었고 남들 다 가는 유명한 곳에
데려가면 오히려 짜증을 내기 일쑤였다. 그 역시 나의
까다로운 면면을 모두 품었고 그 모습도 아는 친구들은

그에게 '사랑꾼'이라는 이름표를 붙여 주었다.

　그러나 우리의 연극은 언제나 위태로웠다. 해도 달도 매일 기우는 마당에 쉽게 변하는 사람의 마음은 오죽했을까. 우리의 마음도 기울다 뜨기를 반복했다. 같이 뜨고 지면 그나마 다행이었다. 한쪽의 마음만 뜨고, 상대의 마음은 기울어져 있을 때가 문제였다. 나는 널 향해 이렇게 강렬한데, 넌 왜 받아 주질 못해? 그 불만이 상대를 비추던 마음마저 차갑게 지게 했다.

　결국, 우리도 어쩔 수 없었다. 사람들은 어느새 우리를 낭만적으로 보지 않았다. 이성적으로 연애를 시작했던 이들보다 더 치열하고 절박해서 아름답지 못한 우리의 연애를 들켜 버렸다. 생각해 보면 다른 이들처럼 평범하게 사랑했어도 됐을 일이다. 너무 힘들면 손을 놓는 게 맞다. 꼭 지조 있는 열녀나 사랑꾼이 되지 않았어도 될 일이다.

　힘들고 치열한 것은 낭만적인 것이 아니다. 만약 그런 게 낭만적인 것이라면, 낭만이 그렇게 힘든 것이라면 굳이 사랑에 낭만을 넣을 필요가 없다. 절박하지 않아도 사랑할 수 있다. 힘든 상황이 아니더라도, 매일 두 발 뻗고 기분 좋게 잠들어도 사랑을 느낄 수 있다. 우리는 그 사실을 알았어야 했다. 그랬다면 그렇게 각자의 위치에서 사랑을 지키기 위해 고민하고 잠들지도 못할 만큼 괴로워하진 않았을 거다.

감당 가능한 사랑을 하는 게 오히려 더 낭만적임을
알아챘음에도 열녀와 사랑꾼의 타이틀을 포기하지 못한
우리의 시간은 그렇게 끈질기게 흘러갔다.

서프라이즈 선물 받는 법

한여름 무더위가 찾아온 날, 영이와 시원하게 '소맥'을 말아 먹고 있었다.

"이번엔 정말 어떻게 해야 할지 모르겠다."

"이번엔 뭐야?"

"티셔츠야. 곰돌이 티셔츠."

"사진 있어? 보여 줘 봐."

"여기. 울고 싶다, 진짜. 난 절대 못 입어."

A에게 서프라이즈 선물을 받았다. 정말 심각한 서프라이즈였다. 나에겐 서프라이즈다 못해 놀랄 노 자였다. 내가 좋아하는 곰돌이 캐릭터가 앙증맞게 그려진 흰색의 반소매 티셔츠. 목선을 꼭 맞게 타고 흐르는 정직한 U자 네크라인의 티셔츠였다. 순간 한 번 입고 걸레로 썼던 대학교 단체 티셔츠가 떠올랐다.

A는 티셔츠를 주며 정말 기대하는 눈치였다. 모 브랜드에서 곰돌이랑 협업한다는 소식에 일부러 매장에 방문해 사 왔다고 했다. 기특하다는 표정을 애써 지어 보였다. 캐릭터의 발랄한 포즈를 쳐다보며 생각했다. 이건

인형을 집 안에 두고 좋아하는 것과 차원이 다른 문제였다.

정말, 나의 오랜 연인은 그의 연인이 평상시에 무채색 아버지 '난닝구' 같은 티셔츠만 입고 다닌다는 사실과 금방이라도 굴러갈 것 같은 얼굴 때문에 딱 맞는 U자 네크라인 티셔츠는 절대 안 입는다는 사실을 몰랐던 걸까. 거기에 일단 입으면, 알 수 없는 어색함을 주는 핏은 나를 난감하게 만들었다.

결국 나는 그와 크게 싸웠다. 내가 그 티셔츠를 한 번도 입고 나가지 않았기 때문이다. 집에서 정말 편하게 입고 다닌다고, 매일 잘 때마다 입기 좋아서 그렇다고 했지만, 그는 매우 서운하다고 했다.

"미안해, 진짜. 근데 원래 내가 그런 옷을 입고 다니는 편은 아니잖아, 응?"

"그래도 네가 입으면 정말 귀엽겠다고 생각했어. 한 번도 안 입고 나오는 건 너무하잖아."

"아니, 그럼 오빠는 이거 입고 나갈 수 있어?"

"응. 네가 사 준 거라면."

'아니, 나는 그딴 선물을 안 하잖아'라고 말하고 싶었지만 참았다.

그렇다. 그의 성의에 비하면 내가 너무한 게 맞다. 그러나 정말 입고 나갈 수가 없어서 고개를 숙이며 그의 이해를 바랄 수밖에 없었다. 한편으론 그가 너무 미웠다.

나는 선물할 때마다 자기가 원하는 걸 해 줬는데. 왜
이렇게 일방적이야. 내가 쪽팔린다는데. 아니 그 전에 이게
쪽팔린다고 생각하지 못하는 거야? 이상하게 미안하면서
화가 났다. 내 앞에서 심하게 발랄한 곰돌이 티셔츠가
절망스러워서 눈물이 났다. 그러나 아무 말도 하지 못하고
엉엉 울 수밖에 없었다. 그때는 그게 그와 나의 사랑이었다.

　무채색 티셔츠를 좋아하는 여자에게 곰돌이 티셔츠를
입히려는 시도가 반복되어도 '성격 차이'라는 대중적인
이유로 헤어지지 못했다. 사실 헤어짐은 생각도 안 했다.
어린 나는 연애를 위해 매일같이 현자의 넓은 마음을
가지려고 애를 썼다. 어쩌다 연인의 마음을 이해하지
못하고 나도 모르게 '이게 뭐야'라는 생각이 들면, 사랑하는
그를 이해해 주지 못했다는 미안함까지 느꼈다.

　무뚝뚝한 나를 이렇게까지 사랑해 주는 사람은 그밖에
없을 거야. 이렇게 통통한 날 예뻐해 주는 사람은 그밖에
없을 거야. 이런 얼굴을 귀엽다고 해 주는 이는 그밖에 없어.
나는 그렇게 나 자신을 설득했고, 그 설득은 그의 취향을
입지 못하는 내게 죄책감을 같이 주었다.

　지금의 나는 그때의 내가 너무 안쓰럽다. 그런 하찮은
이유로 충분히 헤어질 수 있다고 말해 주고 싶다. 아마
어렸을 때부터 취향이 맞지 않아도 공존할 수 있는 사랑이
있다는 사실을 알았더라면 나는 그를 떠날 수 있었을 테다.

내가 그때 속상했던 이유는 그와 나의 취향이 맞지 않았기 때문이 아니라 취향이 맞지 않는 그와 내가 노력을 넘어서 '애를 썼기 때문'이라고 말해 주고 싶다. 자신의 취향을 내게 입히려 하고, 그의 취향을 억지로 입으려 했기 때문에 우리는 계속 속상하고 화가 났다. 곰돌이 티셔츠는 취향의 문제였고, 문제는 반복되었으며, 반복되는 문제는 꾸준히 인생에 영향을 미친다. 그러니 곰돌이 티셔츠를 보며 우는 내게 더는 속상해 말고, 죄책감 느끼지 말고 "그깟 일로 떠나도 괜찮다"라고 말해 주고 싶다.

말에 갇힌 우리

대학교 때 함께한 올이 언니는 친언니 같다가도 거리감이
느껴질 때가 있었다. 언니가 내게는 가벼운 얘기만 하는 것
같았다. 인간과 인간이 모름지기 친해지려면 흔히들 말하는
'딥'한 이야기를 해야 한다고 생각했는데, 언니는 좀처럼
'딥'한 이야기를 하지 않았다. 어린 맘에 그게 내게는 언니의
'딥'한 얘기를 들을 자격이 없는 것처럼 느껴지기도 했다.

　그런데도 나는 언니에게 A와의 모든 순간을 이야기했던
것 같다. 좋은 일도 나쁜 일도. 언니에게 털어놓으면 현명한
언니는 내 맘을 잘 안아 주었다. 너무 내 편을 들지도 않았고
그렇다고 A의 편만 들지도 않았다. 따뜻한 말과 현명한
공감. 내가 언니에게서 떨어지고 싶지 않은 이유였다.

　그러다 하루는 언니가 왜 내게 '딥'한 이야기를 하지
않았는지 알게 됐다. 언니는 이미 자신에 대해 꽤 많은 걸
내게 말해 주고 있었다. 다만 내가 생각한 '딥'한 이야기가
언니가 생각하는 그것과 결이 다를 뿐이었다.

　"솔아, 나는 네가 진짜 좋은 사람이라고 생각해. 그리고
해가 갈수록 좋은 사람만 가까이 두는 게 정말 중요한 일

같더라."

이보다 더 깊은 말이 있을까. 언니는 이런 식의 속 깊은
말들을 했다. 남의 험담, 남자친구에게서 맘에 들지 않는 점,
삶에 대한 불만 같은 얄팍한 이야기를 '딥한 얘기' 따위로
여긴 나와 반대로 언니는 나와 언니, '우리'에 대한 이야기를
했다.

그리고 언니는 힘든 순간, 다른 사람의 말에 좌지우지될
틈을 자신에게 주지 않았다. 정말 중요한 순간, 조언하고
판단하는 이들의 말을 들으면 해결책은 얻을 수 있겠으나
반대로 내가 뱉은 말이나 고민이 그들의 기억 속에 남는다.
그 기억은 좋은 쪽이든 나쁜 쪽이든 와전될 수 있다.
순식간에 나는 '그들이 기억하는 이야기 속 사람'이 되어
버린다. 그래서 언니는 사람들에게 자신의 이야기를 꺼내는
데 신중했던 거다.

'남의 연애 얘기가 제일 재밌다'라는 말이 있을 정도로
연애 얘기는 책잡히기 딱 좋은 소재다. 특히 자극적인
불행은 사람들의 기억 속에 오래 남는다. 순하고 좋은
이야기는 오랜 시간 동안 증명해 내었을 때야 인정받을
수 있는 반면, 자극적이고 불행한 이야기는 단번에 사람의
기억 한쪽에 자리 잡는다. 언니는 그 점을 알고 있던 거다.

언니와 반대로 나는 연인과 불행을 겪은 후 술까지 한잔
들어가면, 그 순간 타인에게 대부분의 이야기를 털어놓았다.

그 상대가 진정한 친구라면 다행이지만, 얼굴 몇 번 보는 사이라면 얘기가 달라진다. 그들 중 몇몇은 나를 측은하게 여기면서도 그와 나를 '그 정도 관계'로 판단했다. 결국 양파같이 까도 까도 나오는 내 연애의 불행에 그들은 나와 그가 맞지 않는 것 같다는 의미의 말을 조심스레 하곤 했다. 그 말들은 나를 '역시 우린 헤어질 수밖에 없나' 하고 고민하게 했다. 연인 사이에 생기는 끝없는 고민, 사실 그건 모두 입이 싸고 귀가 얇은 내가 자초한 것이다.

하루는 항상 그렇듯 올이 언니에게 A와 있었던 불화를 이야기했다.

"왜 내게 항상 자연스럽지 않은 말을 바라는지 모르겠어. 나는 정말 기쁠 때 기쁘다고 말하고 싶고, 사랑한다는 말도 내 의지로 하고 싶은데. 왜 자꾸 내게서 꺼내려고 할까? 그럴 때마다 더 하기 싫어."

그러자 언니는 내 예상과 반대로 이렇게 얘기했다.

"솔아, 네가 걔를 더 많이 사랑해 줘야겠다."

할 말이 없었다. 보통 예의상 내 편을 들어 주던 다른 사람들과 달리 언니는 사랑의 태도에 대해 말했다. 내가 흉을 보면 볼수록 나는 그를 사랑하지 않는 사람이 되어 버릴 수도 있었다. 아니 이미 그렇게 된 것 같았다. 그 뒤로 언니는 "진짜 네 맘은 그렇지 않은 거 알아. 그래서 속상한 거잖아"라고 말했다. 그렇다. 나는 A와 나아지고 싶었지

내 말처럼 정말 '싫은 게' 아니었다. 언니가 그렇게 말하지
않았더라면 그대로 박제되어 버렸을 불행. 나는 그제야
기쁨과 불행 사이를 넘나들며 보낸 그와의 수많은 순간
그리고 앞으로의 모든 가능성을 가둬 버리고 내가 꺼낸
이야기로 박제되어 버렸을 '우리'를 생각했다. 사랑했다면,
우리를 그렇게 만들어선 안 됐다.

　불행한 말은 날아가지 않는다. 사람 마음에 진을 치고
'그 사람은 이런 사람'이라고 기억되게 만든다. 끈질기게
나가떨어지지 않는다. 특히 그 말에 나만 관련된 게 아니라
내가 사랑하는 사람과 함께 묶여 있다면 조심해야 한다.
사람들 앞에서 내뱉은 말은 우리를 불행하게만 보이게 할
수도, 행복하게만 보이게 할 수도 있다. 둘 다 끔찍하다.
불행한 우리에 갇힐지, 행복해 보이는 우리에 갇힐지,
아니면 침묵 속에서 자유롭게 뛰놀지, 그건 내 입에
달렸다는 걸 올이 언니는 내게 가르쳤다.

콩깍지와 심술 주머니

나를 투명하게 알고 있는 사람들은 남들보다 유난한 나의 볼살이 애굣살이 아니라 사실 심술 주머니라는 걸 알고 있다.

"너 부장 앞에서 장난 아니더라. 개무서워. 애 가끔 나한테도 무섭게 굴잖아."

"맞아, 무서워."

친구 영이와 김 언니가 저들끼리 킬킬거리며 웃는다.

"나도 안다고오."

그리고 우린 다시 술을 들이켠다. 그냥 그렇다는 뜻인 걸 안다. 그들은 내게 가끔 차가운 면이 있다고 둘러서 얘기하지 않는다. 나의 단호한 면을 바꾸려 하고 부정하던 사람들은 '무섭다'라는 직접적인 말 대신 '차가운 면이 있다'라는 표현을 사용했다.

하지만 연애 초반 콩깍지를 통해 나를 보던 남자들은 하나같이 내 볼살이 심술 주머니일 거라고는 한 치의 의심도 하지 않았다. 당연히 애교 주머니로 여겼다. 콩깍지가 벗겨지고 실체가 드러나는 건 시간문제였다.

제멋대로 판단하다가 내 심술 주머니에 적잖이 놀라는
사람들을 볼 때면 콩깍지는 꼭 맛집 같다고 생각했다. 직접
경험해 봐야만 실체를 아는 그 속성이 똑같다.

A는 유난히도 '내 볼살은 애교 주머니' 설을 신봉했다.
콩깍지가 벗겨질 만큼의 시간이 지나 심술 주머니로 보일
게 빤한데도 애써 부정하고 자기가 믿고 싶은 대로 믿는
듯했다. A는 나라는 맛집의 형편없는 실체를 알고도 애를
써서 '내가 정말 좋은 곳에 다녀왔다'라고 인증하고 싶어
하는 사람 같았다.

하루는 인스타그램에서 봐 둔 카페에 A와 간 적이 있다.
느낌 있는 인스타 피드의 외관과는 다르게 카페의 카운터는
지상에, 좌석은 햇볕 하나 없는 지하에 있었다. 커피는 A가
마시기에 너무 썼고, 케이크는 내가 먹기에 너무 달았다.
그러나 두 사람은 실망한 기색도 없이 휴대전화를 들어
최대한 그림자가 지지 않는 각도에서 커피와 케이크를 연신
'있어 보이게' 찍었다.

식은 커피가 더 식어 쓴맛이 날까, 커피를 연신 마셨다.
하얀 머그잔에 립스틱이 진하게 묻었다. 립스틱을 찾아
바를 때쯤 들리는 A의 목소리.

"화장은 화장실에서 고치면 안 돼?"

"싫어."

단 두 글자로 대답했다. 그에게 매몰차게 딱 잘라 말하는

일은 자기 앞에서 립스틱을 바르는 것보다 A가 더 싫어하는 일이었다. 짜증에 가까워진 그의 말투에 일부러 더 차갑게 뱉듯이 대답한다.

"또 나한테 차갑게 굴지?"

"그냥 내가 하는 짓이 다 맘에 안 드는 건 아니고?"

그 무렵은 A가 점점 내 볼살이 심술 주머니라는 사실을 알아 가기 시작할 때였다. 그래서 서로에 대한 합의가 필요해졌다. 콩깍지가 벗겨진 채 적나라하게 보이는 연인을 어디까지 수용할 것인가 하는 합의가 필요했다. A에게 애교 주머니와 심술 주머니의 괴리는 너무 큰 것이라서 아직 적응이 필요한 듯했다. 이제 그에게 화장을 고치는 나는 귀엽지 않고 그저 눈꼴신 광경이었을 뿐이었다. 콩깍지가 벗겨져도 '급똥'이 마렵다며 달려가는 모습에 웃을 수 있는 나와 달리 허용 범위가 극히 제한적인 그에게 화가 나기 시작했고, 그럴 때마다 나는 온 힘을 실어 차갑게 대답했다.

"싫어."

그는 평소에 내가 단박에 단호한 대답을 내놓는 걸 싫어했다. 특히나 '싫어'라는 이 대답을 극도로 싫어했던 이유는 아마 이 말에 내 안의 화가 온전히 실려 전해졌기 때문일 것이다.

그가 주던 사랑은 정말 예뻤다. 남들이 보기에도 예뻤을 것이다. 그래서 그의 사랑은 어딘가 전시하기에 최고였다.

그도 은근슬쩍 나에게 어딘가에라도 자신의 사랑을 자랑해
주길 바랐다. 사람들은 댓글로 여긴 어디냐, 이건 뭐냐
물었다. 그는 만족했고, 처음엔 나도 그런 관심을 즐겼다.
하지만 그의 제한적인 수용 범위가 드러나자 나 또한
그에게 '전시당했다'라는 마음이 들었다.

　그가 자랑하고 싶은 우리는 언제나 사랑스러운 커플,
특히 검소하고 현명한 여자, 사랑스러운 여자로 보이는
나였다. 검소한 거까진 돈이 없어 그런 척해 보겠는데,
24시간 현명하고 사랑스럽기는 힘들었다. 아니 애초에 나는
심술 주머니를 가진 어딘가 괴팍한 인물이다. 심술쟁이는
이제 전시당하기를 포기했다. 오히려 심술을 부리며 A가
원하는 방향의 반대로만 행동했다. A가 환상의 나와 진짜
나를 비교할 때마다 심술 주머니에서 심술이 마구마구
쏟아져 나왔다.

　나의 심술은 나를 바꾸려 드는 그를 향한 일종의
항의였다. 콩깍지가 벗겨지기 전에도 나는 나를 숨긴 적이
없었다. 원래도 식당에서 나가기 전 잠시 입가를 정리하고
립스틱을 바르는 습관이 있었다. 단호한 면은 아주 많았다.
단지 콩깍지가 벗겨지기 전에는 그가 립스틱을 꺼내는
나를 눈감아 줬고, 단호한 면을 현명하다고 말했을 뿐이다.
심술쟁이는 그렇게 투쟁했고 투쟁은 전쟁이 되어 A의
맘에도 생채기를 내었다.

콩깍지가 벗겨지기 전까진 누구나 사랑할 수 있다.
그러나 콩깍지가 벗겨진 후에 진짜 사랑의 시험이 시작된다.
애교주머니인 줄 알았는데 막상 보니 심술주머니라면
사랑할 수 있는가? 그가 내게 품었던 환상까지 사랑할
것인가? 그와 나의 연애에 시험이 시작되었다.

너와 나의 차안대

그의 품은 생각보다 좁고 힘이 세서 나갈 수도 움직일 수도 없었다. 나는 사랑받고 있는 사람인 게 분명했다. 받다 못해 가끔은 사랑이 나를 결박하고 있는 게 아닐까 두려워질 정도였다. 나는 그 안에서 어디로도 갈 수 없었고, 무엇도 할 수 없었다.

"나는 너 없으면 안 돼."

A는 내게 그 말을 자주 했다. 사랑에는 너무 당연한 말이라 답답해도 답답하다 말하지 못했다.

"나는 나중에 기회가 되면 외국에서 공부하고 싶어."

"왜?"

"괜히 멋지잖아. 영어 잘하고 싶어."

철없는 내 말에 잠시 침묵이 이어진 뒤 그가 다시 물었다.

"그럼 나는?"

그 순간 '어쩌라고?' 하는 생각이 들었으나, 지금은 내가 사랑하는 이 사람이 먼저라는 말을 해 줘야 하는 게 분명했다. 이건 먼 미래의 이야기고, 그렇게 될 가능성은 어차피 극히 적다고 내가 말한 희망을 내가 부정했다. 그제야 A는 먹고 있던 국수를 다시 먹기 시작했다.

'나는?'

그 말은 내게 어지간히 충격적이었다. 아니 내 말에 연인이 나를 보며 잠시 침묵했던 그 순간이 더 충격적이었다. 아, 나는 지금 그가 있으니까 그가 없는 꿈을 꿔서는 안 되는 건가. 혼란스러웠다. 잠깐, 영원히 그의 곁에 남아 일상이 반복되는 뻔한 미래를 상상했다. 그를 만났다고 해서 내 미래가 정해졌다는 생각은 단 한 번도 못 했는데, 그는 이미 결말을 정해 놓은 듯했다.

우리에게 그런 순간은 자주 찾아왔다. "나는?" 그는 나에게 자주 물었다. 아무렇지도 않게 튀어나오는 그 물음에 변명할 때마다 저녁에 홀로 고민했다. 내 미래에는 그도 있고, 일도 있고, 터무니없는 꿈도 있고, 백지 같은 가능성도 있는데, 그가 나라는 경주마에게 차안대를 씌운 느낌이었다. 그는 옆으로 뒤로 날뛸 수도 있는 나에게 여기만 보라고, 우리가 가야 할 앞만 보라고 차안대를 주었다.

하루는 또다시 다른 곳에서 다른 일을 해 보고 싶다는 내 말에 "나는?" 하고 묻는 그에게 되물었다.

"그럼 나는?"

"무슨 소리야. 네가 거기로 가면 나는 어떻게 만나냐는 건데."

"그럼 나는? 그거 못하는 거야? 하고 싶은데?"

그는 오히려 '그와 멀어져야 하는 그것'을 하고 싶어 하는 나를 탓했다. 왜 미래 계획에 자신을 고려하지 않는지에 대해서. 모든 가능성이 찾아올 수 있는 스물세 살의 나에게 그는 그렇게 다시 차안대를 내밀었다.

"그냥 '와, 멋지네' 정도로 얘기해 줄 수 없어? 내가 지금 당장 하겠다는 말이 아니잖아."

"넌 진짜 할 거 같으니까."

'그럼 넌 날 왜 만나?'라는 말이 목 끝까지 올라왔으나 이건 좀 아니지 하며 꾹 눌러 내렸다. 그날도 그냥 말만 해 봤다며 그럴 가능성이 없다는 증거를 내밀고 끝났다.

그날 밤에도 혼자 다시 곱씹었다. 그가 손에 쥐여 준 차안대를 쓸 것인가, 아니면 날뛸 것인가. 와, 이렇게 보니 정말 그는 내가 없으면 안 되는구나. 지금도 미래에도. '혹시 과거도 나를 만나기 위해 준비했던 건 아닐까'라는 터무니없는 상상을 해 봤다.

연인과 함께 꿈꾸는 미래는 달콤할 줄만 알았다. 그런데 그 달콤한 꿈에 독립적인 내가 없을 줄은 꿈에도 몰랐다. 우리가 함께 꾸는 꿈에 반드시 그와 내가 함께여야만 한다는 사실을 간과했다. 이런 사실을 알지 못했던 나는 그에게 그가 없는 미래를 아무렇게나 떠들었다. 그는 즉각 현실적으로 대응했다. 자, 받아. 차안대야. 우리가 함께하는 미래만 봐. 앞만 봐.

경주마처럼 그가 원하는 쪽으로 뛰어가는 날 향해 그는 아낌없이 응원했다. 지금 이 자리에서 열심히 일하고 공부하는 나. 더도 말고 덜도 말고 딱 이 자리에 있는 나. 그렇게 그 자리에서 함께 늙어 가는 우리. 그는 그런 미래를 응원했다. 하지만 나의 공상은 말의 타고난 천성처럼 앞뿐만 아니라 양옆, 심지어 뒤로도 튀었다. 한참 더 나아가 나중엔 글을 쓰며 살고 싶다거나, 자유롭게 떠돌며 사는 미래 따위를 상상했다. 그는 그렇게 그가 없는 터무니 없는 상상이나 꿈을 싫어했다. 자꾸만 나에게 차안대를 씌워 주려고 했다. 이쪽이 더 낫다면서.

그가 낫다고 말한 빤한 미래는 정말 나를 위한 것이었을까? 정말 우리를 위한 것이었을까? 그는 왜 당연히 내가 그 미래를 원한다고 속단했을까. 그는 눈치챈 것이 분명했다. 나란 인간에게 안정적인 미래는 중요한 요소가 아니라는 걸. 그러니 그 순간부터 불안해져서 앞만 보게끔 하고 싶었을 거다.

그는 이미 완성된 그림이 뒤섞인 퍼즐 조각을 하나씩 맞춰 가며 완성해 나가는 미래를 꿈꿨다. 반면 나는 아무것도 없는 캔버스 위에 물감을 이것저것 바르다가 맘에 들면 갖고, 맘에 들지 않으면 아예 다시 시작해 버리는 미래를 꿈꿨다. 그러니 그는 그렇게도 내 마음을 붙들고

싶었나 보다. 나와 그는 같은 꿈을 꾸고 있지 않으니까. 그와
내가 그리는 미래는 달랐다.

어떤 쪽의 미래가 더 낫다고는 그 누구도 판단할 수
없다. 중요한 건 그와 내가 아주 중요한 지점에서
엇갈렸다는 점이다. 연인과 미래를 지향하는 방법이 다르면
이런 결과가 초래된다. 갈림길 앞에서 수없이 싸우고
고민해야 한다. 서로의 길 쪽으로 억지로 잡아당기려고 할
수도 있다. 그러면 서로가 꿈꾸는 미래 때문에 양쪽 모두가
갈림길 앞에서 나아가지 못하고 좌절하는 일이 생긴다.

"하고 싶은 일이 많은 나도 밉고 그럴 때마다 자기는
어쩌냐고 묻는 그 자식도 밉다."

일기에 털고 잠을 청했다. 내 손의 차안대. 끝내 쓰진
않았다.

'님'이라는 글자에 점 하나만 찍으면

"너는 내가 왜 좋아?"

오랜 연인이 이런 질문을 한다면 대답을 꼭 잘해 주길 바란다. 그날의 A는 내가 현명하고 생활력이 강해서 좋다고 했다. 그게 꼭 '우리 엄마 같아서 좋다'라는 말로 들렸다. 기분이 어정쩡했다. 그리고 싸웠다. 그는 내가 현명해서 좋다 했지만 간섭하는 건 싫다고 했다. 자기 고민을 내 고민처럼 여기고, 이것저것 참견하고 집착하는 점이 싫다고 했다. 그가 말한 '현명'이 '잔소리'로 바뀌는 건 한순간이었다.

이 얘기를 듣던 친구 조가 툭 내뱉었다.

"아들내미 키우냐. 너도 피곤하게 산다."

'이모네 곱창'을 최장기간 함께하고 있는 조와 나는 스트레스를 받으면 언제나 야채 곱창 2인분에 볶음밥 하나를 해치운다. 그리고 노래방.

나는 그날 김명애의 〈도로남〉이란 노래를 울부짖었다. A를 향한 한풀이었다. 〈도로남〉에선 '님'이라는 글자에 점 하나만 찍으면 도로 '남'이 되는 장난 같은 인생사라

하였거늘, 나는 자꾸 나의 '님'이 남이 될 수 있다는 사실을 잊었다. 엄밀히 따지고 보면 우린 서로를 알고 지낸 세월보다 모르고 지낸 세월이 더 길었던 남이었는데. '님'도, 남인데.

내가 생각한 연애는 서로에게 흡수되어 하나가 되는 것이었다. 하지만 그제야 주변을 둘러보니 연애는 흡수가 아니라 공존이었다. 서로 다른 남이 같이 살아가는 일이었다. 서로 다른 물질로 구성되어 있고, 나이도 모습도 모두 다른 행성들이 하나의 태양계에서 고요히 살아가는 것과 같았다. 그러나 내가 부린 오지랖은 SF영화에 나올 법한 행성 충돌이었다. 나라는 행성 하나가 어마어마한 속도로 달려와 다른 행성을 때려 박고 있었다. 서로 어느 정도 거리감이 있었을 때 그는 나를 엄마 같다고 생각했겠지만, 거리감은 없이 타격감만 느껴지자 그는 나에게 '부담스럽다'라는 표현을 쓰게 된 것이다.

하지만 여전히 연인과 남은 너무 어울리지 않은 단어라고 생각했다. 그 부정적인 기운이 우리 사이를 멀어지게 만들 것 같았다. 그래서 나는 그의 부담감을 감지한 와중에도 나의 '님'이 남이라는 사실을 까맣게 잊고 선을 지키지 못했다. 그는 자꾸만 선을 넘는 나의 잔소리에 힘들어했고 반대로 나는 한 번씩 나를 정말 엄마처럼 대하는 그의 태도에 힘들어했다.

　분명 사랑에는 관심이 아주 큰 부분을 차지한다. 그런데 그때의 나는 과연 그가 원하는 관심을 주고 있었을까? 사랑에 '그가 원하는 건가?'라는 질문이 가장 중요하다는 점을 나는 고려했을까? 지금의 내가 그때의 나를 바라보며 대답한다면 대답은 분명히 '아니요'다.

　그렇게까지 잔소리를 하고 지나친 관심을 주었던 이유는 내가 사랑하는 대상이 A 자체가 아니었기 때문일 것이다. 내가 사랑한 건 언제나 행복한 그, 모든 일이 잘 풀리는 그가 아니었을까. 하지만 세상은 나에게도 그에게도 불공평한 것이라 우리는 언제든 힘들어질 수 있고, 고비 앞에 좌절할 수도 있다. 나는 그 사실을 못 견딘 거다. 좌절하고 실망하고 힘들어하는 그의 모습을 견딜 수가 없어서, 그 모습은 사랑하지 않아서 어떻게든 빨리 해결하고 싶어 했다. 그래야 다시 내가 사랑하는 그의 모습으로 돌아올 테니까. 내가 없는 그를 나는 왜 그렇게까지 믿지 못했을까. 모든 고비 앞에서 그가 잘 이겨 낼 거라고 나는 왜 응원해 주지 못했을까. 그건 분명 나의 이기심이었다.

　반대로, 사랑하는 사람에게 관심의 선을 지키는 일은 그 사람의 좌절과 고통까지 사랑하고 믿어 주는 일이 아닐지 생각해 본다. "네가 잘 해결할 수 있을 거야. 네가 필요하다면 그때 도와줄게. 그때까진 널 믿어"라며 한 발짝 뒤에서 응원하고 믿어 주는 일. 그게 나의 집착보다 더 사랑에 가까워 보인다.

엄마는 남이 아니라 가족이라서 선을 넘어도 '엄마니까'라고 넘길 수 있지만 나는 그의 엄마가 아니라 연인이었다. 우리는 서로의 '님'이기도 했지만 20년을 넘게 따로 산 남이었다. 그래서 연인 간의 사랑에는 '우린 남이다'라는 전제 조건이 꼭 들어가야 한다. 충돌이 아닌 공존을 위해서. 알고 보니 사랑은 남이어도 사랑할 수 있을 만큼, 서로의 거리마저 믿어 줄 수 있을 만큼 마음의 배포가 필요한 일이었다.

창과 방패의 취향

알고 보면 취향은 눈에 보이는 물체나 행동이라기보다
눈에 보이지 않는 방향에 가깝다. 그래서인지 요즘의 나는
나와 취향이 같은 사람이 아니면 가벼이 마음을 쓰지
않는 경향이 있다. 나와 걷는 방향이 다르면 부딪치기
쉬울 것이라는 두려움이 만든 방어 기제랄까. 좁디좁은
인간관계는 다 이런 버릇에서 왔다.

　방어 기제를 갖기 전의 나는 정반대의 사람과 관계를
이어 나가기 위해 부단히 애를 썼다. 그때 너무 덴 까닭일까.
그 이후로 나에게는 취향이 중요해졌다. 마음이 자연스레
쓰이는 그 방향성이.

　A와 〈라라랜드〉를 봤다. 첫 번째로 친구들과 보았을
때, 내 두 뺨엔 예상치 못한 뜨거운 눈물이 하염없이
흘렀다. 그래서 A와 함께 보게 되었다. A도 같은 마음을
느낄 거라 믿었다. 두 번째 관람에도 여전히 감동하는 내
옆에서 A는 꾸벅 졸다 깨기를 반복했다. 이럴 줄 알면서도
굳이 두 번째는 같이 보자며 나를 따라온 그를 이해하지

못했다. 나와 가장 가까운 사람이 내 눈물을, 그 눈물이
흐르는 타이밍조차 이해하지 못했다. 그게 거슬려 두 번째
〈라라랜드〉는 도통 집중을 하지 못했다. 결국 세 번째는 그
몰래 혼자 봤다.

A가 〈워크래프트〉 영화판을 보자고 했다. 나는 게임의
기역 자도 모르는 인간이라 대답을 망설였다. 게임 세계관을
몰라도 명작은 명작이라는 그의 말에 홀려 따라갔다. 두
시간에 가까운 시간 동안 깨어나 있으려 안간힘을 썼다.
왜 오크 세계가 망했는지 나는 알 수 없었다. 인물들이
하는 말이 허공에 맴돌았다. 아, 내가 보자는 영화를 봤을
때 그 역시 이런 느낌이었을까. 항상 내 옆에서 졸던 그가
이해되기 시작할 무렵 영화가 끝이 났다. 아무 표정이 없는
내게 그가 머쓱한 표정을 지으며 나가자고 했다.

우리는 취향이 너무 달랐다. 취향을 향유하는 방법도
달랐다. 그는 누군가와 자신의 취향을 함께할 때 만족감을
느끼는 사람이었다. 특히 그 대상이 내가 되면 가장
만족하는 것 같았다. 반면, 나는 취향을 나만의 것으로
여겼다. 내 마음에서 일어나는 일이니 혼자 즐기는 것쯤은
문제가 되지 않았다. 그는 혼자서 책을 읽고 영화를 보는
내게 자신의 존재 가치를 묻기 시작했고, 나는 나의 시간을
이해해 주지 못하는 그에게 존중에 대해 말하기 시작했다.

우리의 대립은 양쪽에서 팽팽히 잡아당기는 줄다리기
같았다. 가끔 상대의 취향 쪽으로 기울어져 보다가도, 결국
만족하지 못하고 자신의 방향대로 잡아당기기 일쑤였다.

　우리는 성적 취향도 정반대였다. 그는 적극적인 성적
취향 역시 함께 나누길 바랐고, 나는 성적 욕구 자체가 낮은
사람이었다. 언젠가부터 우리는 '그가 졸라야 나를 만질
수 있는 상황'을 맞이했다. 손을 잡고 팔짱을 끼는 정도는
괜찮았지만, 그 이상의 스킨십은 나의 동의가 필요했다.
나는 공개적인 곳에서도 나를 안으려는 그를 격하게
거부했다. 그는 항상 그게 불만이었고, 나는 그런 상황이
만들어진 이유가 불만이었다.

　우리도 상대를 위해 서로의 취향 퍼즐을 맞춰 보려
노력한 적이 있다. 그러나 그것도 순간뿐, 점점 A는 자신의
성적 욕구에 '방어'하려고 하는 나를 이해하지 못했다.
반면 나는 그의 적극적이고 자극적인 성적 취향만큼
소극적이고 재미없는 내 취향도 이해받길 원했다. 하지만
그때는 상대방뿐 아니라 자기 자신에 대해서도 잘 알지
못해서 서로에게 "넌 너무 과해", "넌 너무 차가워"라는
말만 주고받을 수밖에 없었다. 그는 '차가운 성적 취향'마저
욕망이라는 점을 이해하지 못해서 뜨거운 말과 행동으로
나를 자꾸만 녹이려고 했다. 그러나 그가 뜨겁게 다가올수록
나는 더욱 차가워졌다.

그는 거절당하는 기분을 견디기 힘들다고 했다. 나는
존중받지 못하는 느낌이 힘들다고 답했다. 그는 사랑한다면
이것이 당연하지 않냐고 물었고, 나는 사랑한다면 이 정도는
배려해 줄 수 있지 않냐고 되물었다. 누구보다 진솔하게
대화를 나눴지만, 진솔한 대화가 항상 답을 주지는 않았다.
솔직한 창과 방패는 서로를 찌르고 막기를 수십 번 반복할
뿐이다.

하지만 나와 A는 팽팽하게 잡고 있던 줄을 놓지는
않았다. 싸우는 한이 있더라도 나는 영화를 혼자 봤고,
불쾌한 스킨십을 거부했다. A는 굳이 나를 설득해 자신의
취향인 영화를 함께 봤고, 스킨십을 위해 나와 논쟁하는
일을 마다하지 않았다. 애쓰며 힘겨루기를 계속할지언정
줄을 놓지는 않았다. 그렇다고 믿었다.

하루는 A가 나에게 〈에일리언: 커버넌트〉를 함께
보자고 했다. 전작을 친구와 보고 속이 메스꺼웠던 나는
거절했다. 혼자 영화 보는 걸 싫어했던 그가 끈질기게
나를 설득했지만 나는 영화관에서 토하기는 싫었으므로
단호하게 거절했다. 영화가 내려갈 때쯤 그는 결국 나의
거절을 받아들였다. 어느 날 그가 흡족한 미소를 지으며
내게 말했다. 친구와 영화를 본다고. 다행이라고 생각했다.
쿵.

그는 그 영화를 새벽에, 여자와 함께 보았고, 우리
사이의 팽팽하던 줄에서 손을 놓아 버렸다.

나는 쿵 하고 나자빠졌다.

오래된 관계라는 늪

반차를 쓸 때 요즘은 '개인 용무'라는 단 네 글자 만으로도
회사를 쉽사리 빠져나올 수 있음에 놀라곤 한다. 첫 발령을
받았을 땐 반차 사유가 생기면 으레 부장님께 쭈뼛거리며
사유를 줄줄이 읊는 것이 관습이었는데 요새는 유선상의
절차도 생략하라며 '개인 용무'라는 단 네 글자에 승인을
눌러 준다.

그렇게 깔끔히 직장을 빠져나오는 요즘에도
인간관계만큼은 깔끔하게 맺고 끊지 못하는 나에게 놀란다.
그리고 내가 사랑하는 사람 앞에서는 아무리 수많은 이유를
갖다 붙여도 이별 사유가 되지 못한다는 사실에도 놀란다.

"나도 그런 적 있어. 이거 진짜 끝내는 게 맞는데, 남들이
보기엔 쌍욕 하고 헤어질 만한 이유인데, 사실 그 사건이 둘
사이에는 헤어질 이유가 안 되는 거. 뭔지 알아."

하루는 친구가 내게 한 남자와의 관계에 관해 고민을
털어놨다. 존중받지 못하는 관계, 괴로움에 피폐해져 가는
내면을 앙상한 그녀의 몸과 얼굴이 말해 주고 있었다. 뼈가
만져지는 그녀의 손을 잡으며 말없이 생각했다. 그녀가

그 늪에서 빠져나와 주기를. 헤엄치고 발버둥 쳐서 어떻게든
잠식당하지 않고 빠져나와 주기를 간절히 바랐다.

인연이 시작되면 두 사람의 발밑에 진득한 늪이
생긴다는 걸 나는 연애를 통해 배웠다. 그 늪에 발이 빠져
있어서 만남보다 헤어짐이 더 어려운 일임을 어린 나는
질리도록 질긴 인연을 통해 알았다. 두 사람만의 이야기가
두텁게 쌓이면 그 후엔 도망치기 어렵다. 발목을 잡는 것이
너무 많아진다. 냉정하게 판단하고 이별을 선택해야 하는
순간 그와 함께한 시간과 감정이 늪처럼 나를 끌어당긴다.

나의 늪은 끝이 보이지 않을 정도로 깊었다. 빠져서
턱 끝까지 잠겨도 발끝이 바닥에 닿지 않을 정도였다.
숨이 턱하고 막혔지만 빠져나올 수 없었다. 잡아당기는
힘이 너무 강했다. 빠져나오려 해도 내 몸엔 이미 사랑한
시간과 둘만의 추억이 미련이 되어 덕지덕지 붙어 있었다.
너무 무거워서 앞으로 나아갈 수 없었고 이내 힘이 빠져
죽 다시 늪에 빠져 버렸다. A와 영화를 함께 본 상대가
누구였는지 알게 된 그날 밤에도 나는 늪에서 발버둥만 칠
뿐 빠져나오지 못했다.

'신뢰를 잃음.' 명백한 이별 사유가 있음에도 나는 우리
관계에서 빠져나오지 못했다. 사실 우리에게는 그것 말고도
이별 사유가 많았다는 걸 인정한다. 굳이 그때가 아니더라도
우리는 헤어져야 했다. 나는 그보다 너무 이성적인

사람이라서, 그는 나보다 너무 이상적인 사람이라서 서로
헤어져야 더 행복해질 수 있다는 수많은 징조가 늘 있었다.

이상하게 아무것도 모른 채 평온히 자는 그를 깨울 수
없었다. 떨리는 손으로 그간 그가 해 온 거짓말보다 서로
맞지 않았던 징조들을 먼저 짚어 보았다. 한숨도 자지
못하고 밤새 이별 사유였던 순간들을 짚어 보았다. 모든
기억이 헤어지라고 말해 주었지만 나는 헤어질 수 없어서
멍하게 눈물만 흘렸다. 그날 밤은 여전히 내게 끔찍하고
더럽게 남아 있다.

그가 눈을 떴을 때 나도 모르게 이런 말이 튀어나왔다.

"우리, 권태기인 것 같아."

권태기라는 말이 수많은 이별 사유를 대체해 줄 수 있을
것 같았다. 나에겐 희망의 실마리 같았던 그 말이 그의
귀뺨을 때렸나 보다. 그가 급격히 불안에 떨며 이야기했다.
우린 권태기가 아니야. 대화의 단절이 신경 쓰였다면 이제
자신이 노력해서 바꾸겠다며 오히려 날 이해시키려 했다.
권태기라는 세 글자에서 그도 이별을 느꼈던 걸까.

하지만 반려의 이유를 이해하기엔, 신뢰하기엔 이제
너무 늦었다. 그의 말을 하나도 믿지 못한다는 표정을
들키자 그가 말했다.

"씨발, 내가 뭘 잘못했다고 권태기야."

그 말에 나는 우리를 잃었다.

"영화 누구랑 봤어?"

맥락 없는 질문을 그가 단박에 이해했다. 사색이 된 그가 바람이 아님을 확인시켜 주겠다며 그 여자에게 전화를 걸었다.

"야, 너 때문에 솔이랑 헤어지게 생겼잖아."

그 말에 나는 우리의 추억마저 잃었다. 그 짐승에 가까운 행태를 보아하니 그의 말대로 바람이 아닐지라도 나는 꼭 그와 헤어져야 했다.

안타깝게도 우린 그 누구도 우리의 이별에 '승인'을 누르지 않았다. 나 혼자 사유만 열심히 적어 내려갈 뿐 이별을 택하지는 못했다. 누구의 승인 없이도 빠져나올 수 있었지만 내가 스스로 만들어 놓은 늪에서 빠져나오질 못했다. 그와 연락하지 않았고 만나지 않았지만 나는 그와 헤어지지 못했다.

이별 사유가 명백했음에도, 나는 그와의 연애도 이별도 모두 거부했다. 만나는 것도 헤어진 것도 아닌 이상한 관계가 되었다.

관계 중독

나는 그와의 관계에 '중독'된 상태였다. 나를 해치는
관계임을 알면서도 끊을 수가 없었다.

움직일 때마다 허공에 먼지가 떠다녔다. 정처 없이
떠다니다가 열어 둔 창밖으로 휙 날아가 사라져 버렸다.
허공은 말 그대로 먼지도 없는 빈 곳이 되었다. 그와의
관계가 딱 그랬다. 아무것도 채워지지 않는 상태, 허공 같은
상태였다.

내 속은 정반대였다. 속이 너무 시끄러워서 탈이 날
정도였다. 자극으로 꽉 찬 늪에 빠져 허우적대다가 문득
내가 자처한 이 상황을 왜 빠져나오지 못하는지 의문을
가졌다. 그래서 숨을 꾹 참고 늪 속으로 깊게 빠져들어 갔다.
끝을 보기 위해 나는 그를 다시 만났다.

끝을 보기 위해 다시 시작한 관계 속에서는 처참하게
아무것도 보이지 않았다. 미래도, 현실 감각도 없었다. 말
그대로 뵈는 게 없었다. A와 나, 둘의 대화는 이미 의미를
잃었다. 보통의 연인처럼 마주 보고 말을 뱉고 있지만,
서로가 서로에게 던지는 말은 허공에 떠 있을 뿐 상대에게

닿지 않았다. 우리의 교감은 현재에 없었고 영광의 순간에
훈장처럼 머물러 있었다. 이제 우리의 비교 상대는 다른
커플이나 제삼자가 아닌 가장 좋았던 순간의 '우리'가
되었다.

'그때의 우리는 그랬는데.'

과거의 우리와 지금의 우리를 비교하며 더 자주
서운해하고, 서로를 피하게 되었다. 그때의 모습은 이제
없다. 온기 없이 찬 시간이 속절없이 흘렀다.

차갑기만 한 시간 속에서 두려워졌다. 하지만 이 속에서
벗어나면? 나는 그를 떠나야 한다. 혼자가 되어야 한다.
외로움이 주는 막연함보단 희망이라도 피울 수 있는 여기가
나을지도 몰라.

그를 만날 때마다 숨이 조여 오고 앞날도 가늠할 수
없었지만, 이곳에선 단 한 가지만큼은 보장되었다. 그의
옆에 있으면 혼자가 아니야. 그때 일이 나를 덮칠 때마다
무릎을 꿇고 비는 A를 보며 생각했다. 적어도 당분간은
그가 나에게 최선을 다하겠지. 지금을 견디면 우리 사이가
예전보다 더 나아질지도 몰라.

그렇다. 나는 무릎을 꿇은 그보다 더 비겁한 사람이었다.
그를 사랑해서가 아니라 오로지 혼자가 되기 싫어서 그와
헤어지지 못했다. 그에 대한 벌이었을까, 그 대가로 매일
불안을 들이마시며 지냈다. 불안은 진흙 같아서 내뱉는

숨에 걸러지지도 않았다. 불안은 내 속을 가득 메우기만
했다. 나는 이제 그에 대한 의심보다 오히려 그와 헤어지게
될까 봐, 정말 헤어지게 될까 봐 불안했다.

그를 만나고 나면 공허해졌고, 불안은 더욱 심해졌다.
그가 내민 제스처가 우리 관계의 회복에 아무 의미가
없다는 걸 너무 잘 알아서, 그와 나의 모든 말이 텅 비어
있다는 사실을 너무 잘 알아서 으레 그를 만나고 나면 나는
허무한 상태에 들어섰다. 그리고 그 허무한 상태를 어떻게든
채우고자 그를 다시 들이켰다. 중독은 벗어났을 때 허무한
순간을 견디지 못해서 다시 그 대상을 찾게 한다. 나는 그가
아니라 그와의 관계에 중독된 상태였음이 틀림없었다.

혼자가 되기 싫어서, 그가 떠나면 더 공허한 상태가 될까
봐. 나는 그게 무서웠다. 그를 끊어 내면 당연히 찾아올
후유증이 두려웠다. 홀로 남겨져 수없이 자책하고 수없이
후회하며 되돌아볼 반성의 시간이 두려웠다. 후유증을 홀로
견뎌 낼 자신이 없어서 나는 중독처럼 그와의 관계를 다시
더듬거렸다.

하지만 중독은 결국 끊어 내야 극복할 수 있다. 아니,
끊어 내고 자책하고 반성하면서 결국 내가 잘못한 건 진작
끊어 낼 것을 끊어 내지 못했음에 있다는 사실에 도달해야
극복할 수 있다. 그 영겁처럼 느껴지는 시간을 견뎌 내야
비로소 중독에서 벗어날 수 있다. 그때의 나는 무지했고,

무지는 막막함을 자아낸다. 막막함 앞에서 나는 자신이
없었다. 무지 때문에 중독에서 벗어난 진실의 시간에 다가갈
기회를 놓쳐 버렸다.

　　그를 사랑해서 헤어지지 못한 게 아니었다. 그보다 나는
나를 너무 사랑해서 헤어지지 못했다. 나에 대한 연민이
가득해서 헤어지지 못했다. 파탄에 이른 우리의 관계는
오로지 그의 잘못 때문만이 아니었다. 오히려 자신을
해치면서까지 끊어 내지 못한 내 쪽에 이유가 있었다. 모든
것은 나의 선택이었다.

SOS

파탄에 이르러 결국 속이 텅 비어 버린 상태를 부모님께 들켰다. 이제 좋은 딸이 되긴 글렀다. 나는 살면서 엄마아빠한테만큼은 좋은 딸이 되고 싶었다. 맏이의 책임감 때문일까, 어렸을 때부터 무의식적으로 그랬던 것 같다.

"내가 부모님께 딱히 해 드린 것도 없고."

하루는 이런 말을 내뱉자 영이가 돌연 내 말을 끊었다.

"야, 너처럼 하는 사람도 드물어."

영이가 용돈 챙겨 주는 할머니처럼 내 마음을 꼬옥 챙겨 주었다. 나는 항상 부모님께 잘하고 싶었다. 아니 적어도 못난 모습만큼은 숨기고 싶었다. 그게 내 인생의 과업이자 목표였다.

하지만 그 목표는 나의 허황된 내면 탓에 금세 좌절되었다. 나는 똑똑히 기억한다, 누구보다 못난 딸이 되었던 그 순간을. 알맹이도 없는 관계를 이어 가는 나의 내면은 이미 텅 비어 있었다. 그리고 아무것도 없는 나의 내면은 내게 관심과 사랑을 아끼지 않는 부모님께 들통날 수밖에 없었다.

신년을 앞두고 목표랄게 없던 내게 딱 한 가지 목표가
생겼다. 그에게 다시는 연락하지 않을 것. 그가 아닌 그와의
관계에 집착하는 나에게 문제가 있다는 사실을 너무 잘
알아서 나는 그를 더는 찾지 않기로 다짐했다. 물론 언제나
그렇듯 신년 목표는 작심삼일이라 문제다.

"엄마, 걔가 딴 여자를 만났어."

훤한 대낮에 다 같이 예능 방송을 보고 있었는데, 아빠가
껄껄 웃고 계셨는데, 씻지도 않고 소파에 누워 있던 내가
별안간 눈물을 툭 떨구며 얘기했다. 아빠는 웃다 말았다.
엄마는 모든 걸 알고 있었다는 듯 조용히 무릎을 내어
주셨다. 엄마의 허벅지를 파고들며 결국 나는 뗏국 같은
눈물을 줄줄 흘렸다. 엄마도 아빠도 아무 말씀도 하지
않았다.

눈물과 함께 툭, 그 말이 나온 건 어쩌면 당연한
수순이었을지 모른다. 의미 없는 관계를 지속하는 데 계속
마음을 쓰느라 어느새 내 마음에는 남아 있는 것이 하나도
없었다. 마음이 배고파서 아사 직전이라 생존을 위해
튀어나온 것이다. 도와주세요. 배가 고파서 죽을 것 같아요.
제발 나 좀 도와주세요. 자존심이 강한 내가 입 밖으로
내질 못하니 주인의 의지와 상관없이 눈물이 툭 나오고야
말았다.

눈물을 흘림과 동시에 나는 좌절했다. 나는 종종 이런

상황을 미리 상상했다. 실패와 좌절을 온몸으로 말할 때
부모님의 반응은 어떨까. 같이 좌절할까, 아니면 당황할까?
애써 아무 일 없던 것처럼 반응할까? 수없는 궁금증이
떠올랐지만, 항상 결론은 하나였다. 그럴 일은 없었다.
최소한 내가 부모님 앞에서 좌절하거나 터무니없이
무너지는 일은 없을 것이다. 그러니 이런 궁금증은 쓸데없는
것이다.

　이성적으로 다시 생각해 보면 내가 편히 좌절할 수 있는
곳은 당연히 엄마 품, 아빠 옆이었다. 뜨거운 눈물이 엄마의
허벅지를 타고 흘렀다. 엄마와 아빠는 함께 좌절하지도
그렇다고 크게 당황하지도, 애써 모른척하지도 않았다. 나의
모든 예상이 틀렸다. 부모님은 그렇게 한참 나를 측은하게
여겼다. 부모님이 자식에게만 할 수 있는 동정을 베푸셨다.
나는 그 품에서 흐르는 눈물을 닦지 않았다. 온전히 눈물을
흘렸다.

　그제야 나는 좋은 딸이 되는 것을 일부 포기했다.
내가 좌절했을 때 부모님이 보여 준 그것은 마치 '인생사
우리 마음대로 되는 법이 없으니 여기서는 맘껏 울어도
된다'라고 말하는 것 같았다. 그래서 나는 어차피 마음대로
되지 않는 일 앞에서 애써 괜찮은 척하지 않기로 했다. 특히
사람의 마음은 내 맘대로 될 리가 만무하다는 점을 알기에
아빠의 등 뒤에서 엄마의 품속에서 울기로 했다. 여기선

예쁘지 않아도 된다. 착하지 않아도 되고, 잘나지 않아도
된다는 생각이 비로소 들었다.

　나는 잔뜩 찡그린 못난이 인형처럼 계속계속 엉엉
울었다.

자벌레는 몸을 펴기 위해 움츠린다

뜬금없이 나의 유튜브 알고리즘에 국립생태원의 영상이
떴다. 그리고 영상 속 목소리가 말했다.

"자벌레는 몸을 펴기 위해 움츠립니다."

자벌레는 발이 제 기능을 하지 못한다. 그래서 앞으로
나아가기 위해선 우선 머리를 앞으로 쭉 뻗고 꼬리를 잔뜩
잡아당겨 움크린다. 그런 다음에 다시 머리를 쭉 뻗어야
앞으로 나아갈 수 있다. 앞으로 나아가기 위해서 자벌레는
잔뜩 움크려야 한다. 그 모습이 꼭 내가 자는 모습과
비슷했다. 나는 침대 끝에 잔뜩 움크려 자는 습관이 있다.
알람이 울리면 얕은 신음을 내며 몸을 펴고 하루를 나아간다.
그래서 알고리즘에 뜬 건가. 무섭다, 알고리즘의 세계.

그날은 주말이었다. 역시 잔뜩 움크린 채 눈을 떴다.
침대라고 부르기 힘든 매트리스 끄트머리에서 허리와
머리가 구부정한 상태로 눈을 떴다. 해가 중천임을
확인하고 마른세수를 했다. 촉감만으로도 내 얼굴이 엉망인
게 느껴졌다. 눈곱이 덕지덕지 붙고 성나고 푸석한 피부가
고스란히 느껴졌다. 입에 칫솔을 겨우 물고 손으로 얼굴을

다시 쓸어 보지만 남는 것은 거슬리는 감촉뿐이고 메마른
얼굴은 도무지 정돈되지 않았다. 세수해도 똑같다. 거울이
보기 싫어졌다.

모든 것이 엉망이었다. 그와 완전히 이별하길 바라는
이성과 그를 여전히 그리워하는 마음이 부딪쳐 언행일치가
되지 않으니 나는 그러는 내가 아주 맘에 들지 않아서 나
자신에게 날이 서 있었다. 나의 모든 신경과 세포가 이성과
감정의 싸움에 향해 있었다. 항상 부정적인 기운으로 짜인
옷을 입은 것 같았다.

자신과의 싸움에 너무 몰두한 나머지 밖의 일에는 손을
놓아 더 엉망이 된 지 오래였다. 집 안에는 빨랫거리와 내
머리카락이 발 디딜 틈 없이 널브러져 있고 세면대에는
물때가 빼곡했다. 싱크대에는 냄새가 가득했는데 나는 그걸
몰랐는지, 아니면 알고도 무시하며 살았던 건지 아직도
의문이다. 그리고 그 주말, 나와 똑같이 냄새나고 더러운
집이 유난히 잘 보였다. 내 집이 내 마음과 같다는 걸, 내
마음이 그렇게나 엉망이었다는 걸 그제야 깨달았다.

매일 초조했다. 바보같이 끊어 내지 못한 마음을
남에게 들키기라도 할까 봐, 나는 바보였지만 바보처럼
보이기 싫어서 똑똑한 척 연기하는 바보가 되었다. 끊어
내지 못한 마음은 자꾸만 미련을 만들어 냈다. 정말, 정말
이렇게 끝을 내도 되는 걸까. 혼자의 시간을 내가 견딜 수

있을까. 그는 분명히 나를 사랑하는데 그래도 헤어지는 게 맞을까. 이 상황에서 이런 멍청한 생각을 하는 걸 보니 나도 그를 아직도 많이 사랑하고 있는 게 아닐까. 온통 머리가 뒤죽박죽이라 일도 살림도 손에 잡히지 않았다. 그렇게 내 마음을 비추는 거울 같은 집 꼬락서니가 완성되었다.

"우리 이제 그만하자."

헤어지자는 말을 그렇게 했다. 그에게 비로소 헤어지자는 말을 명확하게 했다. 그는 언제나 그렇듯 내가 있는 곳으로 달려왔지만, 이전에는 느끼지 못했던 분위기를 감지한 듯했다. 항상 서 있던 날이 내게서 보이지 않았을 것이다. 나는 날이 빠진 창이 되었다. 나무 꼬챙이만 남아서 공격을 해도 소용이 없는 쓸모없는 창이 되었다. 이제 그가 날 어떻게 하든 상관없었다. 그냥 내가 그만하고 싶었다. 그도 그걸 단번에 알아챘다.

"잘 지냈으면 좋겠다."

그는 이렇게 말하고 등을 돌렸다. 항상 울고불고 난리를 치며 끈질기게 이어 가던 연이 허무하게 끊겼다. 그와의 모든 관계가 끝났다.

모두에게 A와 헤어진 이유가 A 때문이 아니라고 말할 수 있게 된 건 최근이다. 그 전까지 나는 비겁하게도 이별의 사유를 모두 A의 잘못으로 돌렸다. 하지만 그의 잘못에도 그와의 관계를 선택한 사람은 나다. 이성을 잃은 채 싸우고, 서로의 밑바닥을 확인했어도 다시 그를 찾은 이는 나다. 그리고 그와 헤어진 이유도 나 때문이다.

누군가 다시 그와 헤어진 이유를 묻는다면 이렇게 대답할 거다.

"사람답게 살고 싶어서 헤어졌어."

내가 온전히 이별을 받아들이게 된 까닭은, 정말 사람답게 먹고 자고 숨을 쉬고 싶었기 때문이다. 누구에게 이 초라한 마음을 들킬까, 그가 정말 떠나갈까 불안한 마음을 놓아주었다. 매 순간을 불안에 떨며 살고 싶지 않았다. 혼자여도 좋으니 아무 생각 없이 그냥 살고 싶어졌다. 그게 내가 그와 헤어진 이유다.

그와 헤어진 어린 내가 대견하다. 그때의 나는 같은 자리에서 한없이 웅크려 있었다. 앞에 무엇이 있을 줄 몰라서 그 자리를 떠나지 못하고 최대한 웅크리고 머물러 있었는데, 그와의 이별 덕분에 나는 몸을 쭉 뻗어 앞으로 나갈 수 있었다. 나가고 보니 별거 없었다. 똑같은 일상을 살아 내면 그만이었다. 나는 무엇이 두려워서 그토록 이별을 겁냈을까. 조금씩 앞으로 나아가면 그만인 것을.

나는 아직도 웅크려서 잔다. 그리고 이젠 오늘만큼 뻗어 나가기 위해 몸을 쭉 편다. 밤새 몸을 웅크린 자벌레는 몸을 쭉 뻗어 앞으로 나아간다.

두 번째 화살은 피하자

박은 내게 선생님이다. 아니 스무 살이 갓 넘은 나를
'선생님'이라고 말해 준 첫 인물이기도 하다. 박은 주로
초면에 '선생님'이라 지칭하는 듯했다. 그땐 참 아는 것도
많고 궁금한 것도 많은 사람이라고 여겼는데, 알고 보니
박은 그냥 말이 많은 거였다. 마찬가지로 말이 많은 나와
둘이 만나면 경청 따윈 버려 두고 각자 자기 말만 한다.

　그런 박이 내 얘기를 귀담아들어 준 적이 있다. 그
뒤에 박이 들려준 이야기는 박이 한 수많은 얘기 중 내가
가장 좋아하는 얘기이기도 하다. 내가 이별을 겪고 충격에
끼니도 거를 때 박이 대뜸 두 번째 화살 이야기를 꺼냈다.

　"두 번째 화살 얘기 알아?"

　불교에서 전해지는 얘기라고 했다.

　두 번째 화살은 말 그대로 두 번째로 날아온 화살이다.
첫 번째 화살은 어디서 날아오는지 모르기 때문에 맞기
쉽지만, 두 번째 화살은 다르다. 첫 번째 화살이 날아왔다면
재빨리 그 자리를 피해야 한다. 화살이 날아오기 시작했으니
몸을 숙여야 한다. 그대로 있으면 두 번째 화살 역시 내 몸

깊이 박힐 것이다.

"피할 수 있음 피해."

박이 푸석해진 내 얼굴을 보며 말했다. 보통 박은 그런
식으로 위로를 해 준다.

나는 항상 감정을 솔직하게 마주하는 내가 건강하다고
믿었다. 슬픔과 좌절이 불러온 고통을 온전히 마주하고
표출해야 낫는다 생각했다. 하지만 박의 이야기를 듣다
보니, 기존의 생각에 의문이 들기 시작했다. 가끔은 지나친
감정의 수용이 화살이 될 수도 있지 않나?

첫 번째 화살은 내가 해결할 수 없는 사건이 주는
속상함, 슬픔 같은 감정이다. 이건 손쓸 새 없이 날아오므로
피할 수 없다. 다만 그다음 화살은 경우가 다르다. 두 번째
화살은 내가 만든다. 좋지 않은 감정에 매몰되어 하루를
돌보지 못하는 태도, 첫 번째 화살을 치료하지 않아서
생기는 아픔이 두 번째 화살이 되어 날아온다. 두 번째 화살
역시 인간이라면 누구나 무의식적으로 만들어 낼 수 있다.
관건은 그걸 피하느냐 마느냐였다.

화살 같은 감정이어도 마주하는 게 당연히 올바른
방식인 줄 알았다. 내 감정이니까 마주하고 고민하면 끝에는
해결책이 있다고 생각했다. 하지만 어떤 이별은 아무리
사고의 회로를 돌려도 답이 없었다. 그 뒤에 찾아오는
생각의 화살들을 피해야 했으나, 나는 항상 마주했고, 피한

적이 없어서 피하는 방법을 몰랐다. 온몸으로 받아 내고
시간이 흐르기만을 기다렸다.

"이게 교통사고랑 비슷한 거지."

네가 아무리 조심해서 다녀도 교통사고는 늘 당할 수
있어. 지금 딱 그런 시기라니까. 억울하지. 억울할 수밖에
없어. 그래도 일단 거길 피해서 안전한 곳으로 가. 일단 다친
곳부터 잘 치료해. 박이 말했다.

네 탓이 아니니 거기서 나와. 생각하지 말고 빠져나와.
재회의 가능성도 없고, 상처만 남은 이별을 곱씹느니
차라리 뭘 먹을지 생각해. 어떻게 하면 잠이 올지 생각해.
그렇게 피하고 상처를 치료하길 바란다. 박은 그런
위로를 화살이니, 교통사고니 돌려서 말한다. 직접적으로
위로하자니 낯간지러운 거다.

화살을 맞았다면, 사고를 당했다면 그 자리를 떠나
치료를 받아야 한다. 그곳에 계속 머물다간 첫 번째 상처는
치료할 시기를 놓치게 되고 또 같은 사고를, 화살을 맞이할
수도 있다.

'다음 화살에 대한 선택권은 나에게 있다.'

나도 박처럼 위로를 할 줄 아는 사람이 되면 좋겠다.
누군가 아픈 자리를 떠나지 못하고 쏟아지는 화살을 맞고
있다면 그 옆에서 알려 주고 싶다. 나랑 같이 피해 보자.
가끔 나를 포함한 사람들은 내 몸은 내가 지켜야 한다는

말에 몸속 알맹이도 포함되어 있다는 점을 잊고 사는 듯하다. 왜 이별을 전부 받아 낼 수 있을 만큼 내가 강하다고 생각했을까. 피할 수 있으면 피하는 게 좋다.

증명사진은 필요 없어

이별을 겪고 나면 이상하게도 내 삶을 증명해야 할 것 같은 느낌이 든다. 내가 이렇게 잘 살고 있다고 알려 줘야만 할 것 같다. 수신인이 누군지는 모르겠지만, 아마도 알고 있는데 애써 모르는 척하는 거겠지만, 그래야만 할 것 같다.

내가 이별을 극복하는 방법 중 하나가 '증명'이었다. 주변 사람들의 걱정 어린 시선에 반박하듯 이별 후에도 꿋꿋하게 잘 살고 있음을 증명하고 싶었다. 그런 나를 보며 안도하는 사람들의 얼굴은 내 방법이 성공적임을 보여 주는 증표였다. 그런 얼굴들을 바라보고 있자면, 정말 괜찮은 것 같기도 했다.

이별하고 바로 다음 날 친구 조와 속초로 떠났다. 나는 속초에서 이별을 하루 만에 극복한 사람이 되어야 했다. 이별을 당했지만 난 아무렇지 않아, 친구와 하루 만에 여행을 결심할 만큼. 조는 그런 이상한 목적의 여행길에 동참해 주었다.

바다가 보이는 카페에서 능글맞은 표정으로 사진을 찍어 올렸다. 짙은 바다를 배경으로 서로의 사진을 연신 찍어 주기도 했다. 올려서 보여 줘야 하니까. 누군가가 볼 테니까, 신중하다.

밤에는 사람 많은 해변에 괜히 가 본다. 우리 이제 둘 다 혼자잖아. 둘이 있으면서 '우리는 이제 혼자'라는 논리를 내세운다. 사뭇 비장하게 한밤의 해변에 입장한다. 가로등 불빛에 겨우 서로의 성별 정도만 확인할 수 있을 그 깜깜한 해변에 남녀의 목소리가 섞여 울린다.

"돌아가자."

세 명의 남자가 접근해 오자 조가 냉큼 내게 말했다. 조는 평소와는 다른 민첩함과 실행력으로 택시를 잡아 나를 숙소에 밀어 넣어 버렸다. 멀쩡하게 보이려고 갔던 속초 바다에서 내게 밤과 술이 들어가니 정말 멀쩡해 보이지 않았던 게 분명하다.

다음 날 아침, 우리는 숙소 바로 앞의 해변 편의점에서 라면과 맥주를 샀다. 편의점에 있는 상자를 하나 주워 모래 위에 깔고 바다와 라면을 안주 삼아 맥주를 마셨다. 아침부터 그늘 하나 없는 쨍쨍한 모래밭에서 술을 먹는 여자 둘을 사람들이 힐끔거리며 쳐다보긴 했지만 아무래도 상관없었다. 맛집이고 카페고 사진이고, 인스타고 나발이고 이게 제일 좋았다. 마음이 정말 편안해졌다.

통보하는 쪽이든 당하는 쪽이든 이별 앞에선 누구나 멀쩡하지 않다. 사회적 위치 때문에 멀쩡한 척을 해

보지만 속을 까 보면 토네이도에 휩쓸린 집처럼 마음이
엉망진창이다. 그럴 때 가장 필요한 건 뭘까. 나는 주저앉아
우는 것부터 해야 한다고 본다. 거센 바람에 수십 년간
알뜰살뜰하게 아낀 집이 무너졌는데 울지 않을 사람이
있을까.

속초 여행으로 깨달은 점이라면 나는 이별을 아무리
겪어도 아픔에 익숙해지지 않을 것이며 멀쩡하지 못할 거란
사실이었다. 그래서 멀쩡한 척하며 인스타에 사진을 올리는
손을 멈추고 그냥 나답게 이번에도 이별의 후폭풍에 휩쓸려
버리기로 했다. 멀쩡함을 증명하기엔 아직 너무 얄팍한
마음, 그래서 이별에 깨져 버린 마음을 들고 엉엉 울었다.

그러나 이별은 겪고 나면 마음의 집을 단단하게
보수하게 만든다. 혹 불면 날아가던 초가집을 벽돌집으로
만들려 애쓰게 한다. 그래야 누가 와도 무너지지 않을 테니.
그럴 때마다 조는 나와 함께 시멘트를 붓고 벽돌을 쌓아 준
친구 중 한 명이다.

조는 내게 항상 물었다. "글은 잘 쓰고 있지?"

글을 쓰고 있는 너는 참 멋있다. 그 말은 머릿속이
연애와 이별로 꽉 차 있는 나를 해방해 주는 말이다. 그
말은 "돌아가자"라며 나를 숙소에 욱여넣는 말이다. 그 말은
파괴적인 삶에서 글을 쓰는 멋진 삶으로 돌아오게 만든다.
조는 나를 만날 때마다 나의 이상한 경험담을 들으면서도

저 말은 꼭 해 줬다. 조를 만나면 잘 살아 있는 느낌이
들었다. 잘 살고 있다는 확신이 드니 증명할 필요는 없다.

중학교 때부터 지금까지 만나 왔지만 조와 나는 사진이
별로 없다. 사진을 찍지 않으니 돈독한 사이를 어디에 올릴
수도 없다. 우리의 데이트는 둘이서 가장 좋아하는 일명
'아재 메뉴'들을 배 터지게 먹고, '소맥'도 말고, 흥이 오르면
노래방에 가고, 사람 없는 촌스러운 카페에서 엄청난 수다를
떠는 것으로 마무리된다.

입에서 폭포처럼 흐르는 수다. 그러나 조의 말에는 단 한
순간에도 연민, 비난, 평가가 없다. 수수하고 꾸밈없는 말과
행동이 조를 똑 닮았다. 그런 그녀와 함께하다 보면 어딘가
고소하고 보드라운 느낌이 진하게 든다. 조와 함께하는
시간은 의심할 필요도, 누구에게 보여 줄 필요도 없다. 그저
그녀와의 순간을 아끼고 즐기기 바쁘다.

'그녀 같은 친구를 둔 것만으로도 나는 잘 살고 있는 게
분명하다.'

어디에 저장하거나 업로드하지 않아도 분명하다. 활짝
웃고 있는 인스타 사진이 아니라, 아무것도 남지 않았지만
분명히 존재하는 그 느낌이 벽돌집을 쌓는 손이 되어
주었다.

사랑을 하는 인생은 끝없이 흐르니까

3

로맨스 스릴러

"잘 지내?

우리가 헤어진 지 벌써 1년이 지났어.

좋아했던 바나나 우유랑 케이크 두고 간다.

나는 여전히 네가 많이 보고 싶다.

연락은 하지 않아도 좋아. 그냥 맛있게 먹어 줬으면

좋겠어."

작지만 어쩐지 무거운 쪽지가 바나나 우유, 케이크와 함께 들어 있었다. 꽤 긴 시간이 지났는데도 그는 나의 바나나 우유를 즐겨 먹는 습관도, 좋아하던 디저트 가게의 생크림 케이크도 잊지 않았다. 그 모든 정성이 편지와 함께 우리 집 문고리에 걸려 있었다. 1년이 지났지만, A는 나를 잊지 않았다.

처음은 아니었다. 그는 항상 보고픈 마음을 이기지 못해 멀리서 이곳까지 오는 듯했다. 퇴근하고 지친 몸을 쉬지 않고 달려 이곳으로 왔을 것이다. 그러나 문 앞에서 돌연 자신이 없어졌겠지. 그의 앞에서 눈물만 줄줄 흘리던 시체 같은 내 모습이 문에 아련히 비치고, 그래서 그는 편지와 함께 이것들을 문고리에 걸어 둔다. 그는 누구보다 애틋한 마음으로 돌아섰을 것이다.

A와 내가 함께한 시간의 장르는 로맨스였다. 사람과 사람의 사랑 이야기이자 아직도 그가 사랑하는 사건이었다. 연락은 하지 않아도 된다던 그는 사실 이 로맨스에 끝이 없길 바랐다. 끝을 바라는 사람은 아무것도 하지 않아도 끝난다는 사실을 알아서 아무것도 하지 않는다. 그러나 그는 현관문 앞에 자신의 마음을 걸어 두었다.

그 후로 얼마나 시간이 흘렀을까. 다른 이들은 절대 알 수 없을 그만의 애틋한 시간이 지나고 내가 드디어 현관문 앞에 섰다. 택배가 온 것처럼 그것들을 태연하게 집으로 가지고 들어갔다. 문이 닫히자마자 나는 비닐을 풀어 헤치고 쪽지부터 읽었다. 빠르게 읽어 내려갔다. 편지를 잡은 손에 심장이 옮겨 간 듯 손이 두근거리고 뜨거워졌다. 반대로 심장은 차가워졌다. 뇌는 멈추었고 온몸에 털이 서고 소름이 돋았다. 그때 내가 느낀 감정은 분노였다.

그 쪽지는 내게 증거였다. 그가 찾아왔다는 증거. 1년이나 지났음에도 그가 날 지켜보고 있다는 증거. 그 이상도 이하도 아니었다. 그래서일까 분노 다음으로 찾아온 감정은 두려움이었다. 그가 아직 이 근처 어딘가에 있을지도 모른다는 두려움이 전신을 휘감았다. 케이크와

우유를 쓰레기통에 처박았다. 쪽지도 갈기갈기 찢어서
버리고 싶었지만 참았다. 곧장 영이에게 메세지를 남겼다.

"A가 우리 집 앞까지 왔었어."

그 쪽지를 버리지 않고 친구들을 만나는 날까지 남겨 둔
것은 내 생사를 위한 일이었다.

바로 다음 날 영이와 다른 친구들을 함께 만났다. 김
언니는 내게 쪽지를 빼앗아 읽어 내려갔고 김 언니의
낭독이 끝나자 영이가 그걸 식당 밖에 놓인 재떨이용
드럼통에 넣어 버렸다.

"누구 불 없냐?"

흡연하는 이가 없어서인지 라이터가 있는 사람이
없기에 나는 그냥 가자고 했다. 그러나 친구들은 나보다 더
단호했다. 기어이 편의점에서 라이터를 사더니 종이에 불을
붙였다. 우리는 그걸 화형식이라 불렀다.

A에게 이 이야기는 애틋한 로맨스지만, 나에게는
스릴러여서 결말은 화형식이 되어 버렸다. 이건 재회를
남몰래 꿈꾸던 그가 원하는 바도, 나만의 행복을 찾고 있던
내가 원하는 결말도 아니었다. 꺼져 가는 불씨를 맹하니
지켜보니 허무했다. 내가 이걸 잊는 데 또 얼마만큼의
시간이 걸릴까. 그가 날 잊는 데 얼마만큼의 시간이 걸릴까.

연락하지 않아도 된다는 그에게 굳이 연락했다. 직접
하지는 못했고, A를 알고 있는 친구에게 부탁해서 이 말을

꼭 전해 달라고 했다.

"신고당하기 싫으면 다시는 찾아오지 마."

나를 향한 애틋한 사랑이 아마 그의 사회적 지위와 맞바꿀 만큼은 아니었을 것이다. 그래서 이 말을 하면 다시는 찾아오지 않으리라 확신했다. 그리고 지금까지 그 확신은 깨지지 않았다.

이제 나는 달콤한 케이크에, 이곳까지 와준 정성에, 쪽지에 담긴 마음에 넘어가지 않는다. 끝난 관계에서 그런 행위는 충동이다. 신고한다는 말로 끝날 수 있는 충동이다. 외로움이 낳은 충동이다. 그런 얕은 감정에 다시 내 삶을 걸 순 없다. 종이가 담배꽁초와 뒤섞여 까만 재가 되었을 때 화형식은 끝났다. 그간 이에 낀 나물처럼 거슬리던, 잘 빠지지도 않는 관계가 쑤욱 나왔다. 퉤 뱉으면 그만이다.

아무 신호도 없다면 그건 끝난 관계가 맞다. 상상 속에서 로맨스를 써 내려가 봤자 그건 내 머릿속에서 일어나는 상상일 뿐 현실에는 아무 영향도 미치지 못한다. 그 애틋한 상상이 현실이 되는 순간, 그건 용기가 아니라 객기가 된다. 그리고 그 허무맹랑하고 알맹이도 없는 객기는 상대에게 두려움이나 불안을 안겨 준다. 그러니 결말이 화형식으로 갈 수밖에.

사랑했다고? 그럼 기억해 주길 바란다. '여기서 끝.'

변기의 물을 내리세요

"변기 물 내려."

누군가와의 연애가 한 달 만에 끝난 적이 있다.
일방적으로 이별을 통보받았다. 나는 남김없이 흘려내려
보내야 했다.

그는 한 달 동안 나를 만나 보더니 헤어진 지 오래된
전 여친이 생각난다며 그녀를 만나러 가 버렸다. 어이가
없었다. 그와 내가 벌써 헤어졌다는 사실에 주변 지인들이
모두 놀랐다. 아니 멀쩡하게 혼자 잘 살고 있는 사람
꾀어 놓고 이렇게 발을 뺀다고? 이따위로 끝낼 거면서
연애씩이나 한다고? 그의 마루타가 된 기분이었다.

"이런 더러운 기분이 들 때 뭐라고 해?"

미국에 사는 수에게 물어봤다. 어이없다는 말로도
표현이 안 되는 어이없음을 타국의 언어로 해소해 보고
싶었다.

"Flush the toilet? 맞나? 맞을걸?"

수는 자신 없게 알려 주었지만 내게 아주 적당한

표현이었다. 물을 내려라! 똥아, 내려가라! 내 눈앞에서 썩
꺼져라!

    어이없게 짧은 연애였지만 이별의 상처는 단 한 번으로
끝나지 않았다. 매일매일 새로운 상처가 생겼다. 사이
좋았던 때가 떠올라 상처가 나기도 하고, 그와 약속했던
미래가 떠올라 상처가 나기도 했다. 문득 생각했다. 그게
상처라면 아파하며 나을 때까지 참고 기다려야 하지만,
똥이나 오줌 따위라면 물 한번 내려 끝낼 수 있지 않을까?
오래 만난 사이는 아니었으니까, 유난은 그만 떨고 나는
매일매일, 여러 번, 자주 물을 내려 보기로 했다.

    똥은 잘 흘려보냈으나, 그와 함께한 한 달은 내 속에
남아 있었다. 정말 변기 물이 내려가듯 깔끔하게 사라져
버렸으면 좋겠는데, 그렇지 못하는 게 사람의 기억이다.
본인의 의지와 상관없이 문득문득 떠오르는 게 기억과
추억이다. 때문에 화가 나게도 물을 내려야 할 때가 꽤 자주
있었다.

    그러니 누군가와 인연을 맺기로 했다면 반드시
'책임감'에 대해 생각해야 한다. 그 대상이 누구든지 말이다.
어떤 인연이든 이별의 시간은 찾아온다. 함께한다는 건 그
사실을 받아들였다는 것이다. 그리고 이별의 시간이 왔을
때 우리는 더욱 책임감을 느껴야 한다.

지금 원고를 쓰면서 느끼는 거지만 가끔은 영양가가 하나도 없어서 되짚어 볼 필요도 없는, 내 인생에 정말로 불필요한, 너무 잘 살고 있어서 신이 작은 이벤트를 준 것인가 의심이 되는 이별이 있다. 그리고 그와의 이야기가 명백히 그쪽에 해당한다. 그런데도 시간을 들여 기억을 들춘 이유는 책임감 이야기를 너무 하고 싶었기 때문이다. 연애를 시작할 때와 이별할 때 꼭 필요한 책임감에 관해 말하고 싶어 손이 근질거렸다.

인연이 닿은 순간부터 이미 그의 기억에 내가 있다. 나에 대한 기억은 그의 일부가 된다. 이별은 상대에게서 내가 차지하는 부분을 떼어 오는 과정이다. 한 번에 팍 떼면 큰 상처가 나기 쉬우니 서서히 뗄 시간을 주어야 한다. 헤어짐의 아픔을 감당하는 건 오롯이 상대 몫이다. 상처를 받는 처지에서는 너무나 억울하고 버거운 일이다. 그러니 우리는 제발 서서히 실망하고 슬퍼하고 부정하고 받아들일 시간과 공을 들여 이별을 해야 한다.

이별하면 나에 대한 책임감도 생긴다. 그와 함께한 잔여물이 남아 나를 괴롭게 할 때 책임감 없이 나 자신을 내버려 둬서는 안 된다. 어떤 방법으로든 아픈 나를 마주하고 느껴서 슬픔과 분노를 흘려 보내야 한다. 물을 내리고 또 내려도 괜찮다. 똥, 오줌을 쌓아 두고 모른 척 뚜껑을 덮지 않는 게 중요하다. 쌓아 두고 쌓아 두다 보면 마음은 막히고 냄새는 숨길 수 없을 정도로 퍼질 것이다.
그러니 막히지 않도록 신경 써서 적절히 물을 내려 주어야
한다.

나는 물을 내리려고 했더니 아직 혼자서 똥도 제대로
못 닦는 수준이라 친구들의 도움을 받았다. 친구가 분명한
이들에게만 내가 얼마나 아프고 분한지 말했다. 나의
친구들은 언제나 따뜻하게 나를 안아 주고 참을성 있게
이야기를 들어 준다. 물이 내려갔다.

우리는 누구나 이별을 한다. 책임감 없는 이별은 아픔을
참고 우리의 추억을 똥으로 여기며 내려보내야 하는 일이
된다. 그러니 사랑을 한다면, 이별의 무게도 생각해 주길
바란다. 나는 너를 너무 사랑해서 그럴 일 없다며 폼만 잡지
말길.

제정신에 관하여

"가끔 제정신이 아닌 시기가 있다니까."

오랜만에 만난 올이 언니가 말했다. 언니와 커피를
한잔하며 그간 나누지 못한 말을 나누다가 한 달 만에 끝난
연애 이야기가 나왔다. 그 얘기를 하자 언니가 별안간
그렇게 말했다.

"제정신?"

"응. 뭐에 홀린 것처럼 제정신이 아닌 선택을 할 때가
있어. 근데 그거 그 사람 탓이 아니고 누구나 제정신이 아닌
시기가 오는 것 같아. 나도 그렇고."

"맞아. 개도 뭐에 홀린 듯이 혼자 산책하다가 전 여친
생각난다고 헤어지자 하더라."

"봐 봐. 그게 제정신이니? 하루아침에 자기한테 잘해
주던 여자친구를 버려? 인간이면 할 짓이냐 이거야. 근데
생각해 봐라. 우리도 비슷했어."

그와 너는 별반 다르지 않아. 언니가 이 얘기를 꽤
돌려서 말한 것 같다. 다정하지만 단호한 언니는 다시
이야기를 이어 갔다.

"나도 그랬잖아. 진짜 나쁜 애인 거 알면서 계속 만나고 내 속만 뒤집히고."

"맞아. 나도. 바람피운 놈 뭐가 좋다고 매달릴 때도 있었다. 미쳤지."

"그래. 지금은 절대 안 그럴 것 같잖아. 근데 그때 우리가 그랬다."

'그때 우리가 그랬다.' 머리를 한 대 때리는 말이었다. 우리 둘 다 미련이 남아 청승을 떨어 보기도 하고, 누가 봐도 좋은 사람을 두고 해로운 관계에 매달려 보기도 했다. 얼마나 지났다고. 나는 그런 기억들을 새카맣게 잊고 있었다. 과거의 나와 비슷한 정신 상태인 전 남친들을 이해하지 못한다고 말하고 있었다. 개구리가 올챙이 적 생각을 못 했다.

골똘히 자성에 빠진 내게 언니가 물었다.

"솔아, 너는 지금이 좋아?"

"응. 나는 좋아."

"그럼 된 거야. 나도 지금이 좋아. 나는 누가 '20대 초반으로 돌아갈래?' 해도 안 가."

언니가 무슨 말을 하고 싶은지 너무 이해가 잘 됐다. 나도 언니와 같은 생각을 하고 있었다.

"나도. 그때로 가면 내 성격에 또 그 짓거리할걸? 나는 지금이 훨씬 좋아. 지금 내 나이가 좀 맘에 들어."

"그렇지, 나도. 지금 내 나이 좋아."

이어 언니는 내가 그런 말을 하는 걸 보더니, "지금은 제정신이네" 하고 안심을 했다. 이럴 땐 정말 친언니 같다.

언니와 같은 생각을 했다는 사실이 기쁘고 신기했다. 나이가 든다는 건 주름살과 나잇살이 무서워지는 일인 줄 알았는데 돌이켜 보면 나는 항상 그때의 내 나이가 맘에 들었다. '작년보단 그래도 지금의 내가 낫지'라는 생각 덕분이었다. 여전히 내가 제정신인지는 모르겠으나 작년의 나보다는 인생에서 더 나은 선택을 할 거라는 믿음이 있다.

'지금이 좋아?'

나에게는 정말 필요한 질문이었다. 당연지사라고 느끼고 있으면서도 말로 뱉어 내는 건 또 다른 확신을 준다. 언니에게 대답할 때 내 말에는 당연하다는 마음과 확신이 있었다. 나 지금이 정말 좋구나. 내가 내 맘에 드는 것만큼 좋은 일이 또 있을까. 그런 내가 좋았다. 내가 좋으니까 실수를 해도 위로를 해 줄 수 있고, 작은 성공에도 기뻐해 줄 수 있다. 슬프면 무시하지 않고 마음을 안아 주고 슬퍼할 수 있다. 내가 좋아하고 싫어하는 것을 잘 알고 나에게 좋은 걸 줄 수 있다. 그게 언니가 말한 제정신이 아닐까.

제정신일 때 제정신인 사람을 만나는 일도 중요하다. 사람의 삶에 굴곡이 있듯 제정신의 역사에도 굴곡이 있다. 그리고 사랑은 서로가 제정신일 때 시작해야 나중에 둘 중

하나가 정신 나간 짓을 해도 이해해 주는 아량이 생기는 듯하다. 이미 제정신인 상태를 봤고, 그래서 믿음을 가질 수 있었으니까. 이 '제정신인 상태'는 자존감이 높은 것을 의미하는 것이지, 연애 초반 사랑에 미쳐서 나오는 로맨틱한 행동을 말하는 게 아니다. 로맨틱함과 제정신을 잘 구분해서 판단해야 한다. 모진 얘기 같지만, 나를 위해서 상대의 제정신을 파악하는 일도 중요하다.

그리고 나에게도 말한다. 너도 언젠가는 허튼짓을 할 수 있다. 조심하자. 삶을 다 산 것이 아니고 내가 나를 다 아는 것이 아니기에 예기치 못한 혼란이 반드시 기다리고 있으며 제정신이 아닌 상태라면 멍청한 선택을 할지도 모른다.

그럼 뭐 어때. 다들 그렇게 산다는데. 다만, 이른 시일 내에 정신을 바짝 차려 주길 바란다. 제정신으로 나를 기다리고 있는 사람들을 위하여, 내가 나아지길 바라는 나 자신을 위하여 내 맘에 쏙 드는 삶으로 돌아오기 위해 노력해 주길 바란다.

그럼에도 불구하고

나는 우울증 환자다. 아직도 일상처럼 죽음을 생각한다. 그런데도 살고 싶다.

나는 한때 연애를 포기했다. 그런데 지금은 나의 연인을 사랑하고 있다.

이래서 삶은 도통 내 맘대로 되지 않는다. 애초에 내 마음이 내 마음대로 되질 않는다.

참 무심하다고 생각한 친구가 있었다. 세상 물정에 관심 없고 과묵한, 보기만 해도 재미가 없는 친구. 그 친구가 나에게 연락한 이유도 이성에 대한 호기심이나 호감 때문이 아니라 내가 글 쓰는 사람이기 때문이었다. 같이 글을 쓰자는 명확한 목적이 있었다. 그때까지만 해도 나는 글을 쓰는 그의 환경 설정을 위한 팀원 중 한 명이었다.

그가 어느 날부터 내가 가장 좋아하는 귤을 사다 주기 시작했다. 나는 그럼 으레 그 귤을 주변 사람들에게 나눠 주며 나 혼자 먹지 않으려고 애를 썼다. 처음 그가 내가 쓴 글을 궁금해하며 다가와도 내 깊은 속내를 들키는 것 같아 보여 주지 않았다. 내 깊은 곳은 이미 내가 사랑하는

사람들과 나만의 것들로 채워졌다. 더는 누가 들어올 자리가
없었다. 그럼에도 그는 귤을 사다 주었다.

"너는 나한테 왜 귤을 사다 주는 거야?"

내가 이렇게 물었을 때 그는 적잖이 당황했다. 항상 매고
다니는 가방에 핸드크림이 있는 것도, 손난로가 한 봉투씩
있는 것도 다 나 때문이라고 했다.

"이제 어쩌자는 거야?"

내가 물었다. 그가 자신 없게 말했다.

"이제는 사람을 오래 보고 싶다고 했잖아. 그래서
기다렸어."

원하는 답이 아니었지만 기다렸다는 말에 퍽 기분이
좋아졌다. 누군가 나를 기다린 적이 있던가. 나는 이제
귤을 생각하면 그가 떠올랐다. 귤의 자리가 그의 자리가
되어 버렸다. 자리는 생기는 것이 아니라 대체될 수 있다는
사실도 그 덕분에 알았다. 그래서 말했다.

"그러다가 망하는 거야. 그냥 사귀어."

그렇게 김과 나는 어정쩡하게 연인이 되었다. 그리고
누가 알았을까, 이 어정쩡한 관계가 3년이 지나 부부가
되리라고.

사실 그 전에 귤을 사다 바치는 김의 존재를 알던 영이가
어느 날 라멘집에서 말했다.

"그 정도 정성이면 됐어. 사람이 의뭉스러운 것도 아닌데

왜 그렇게 튕기냐."

나는 두렵다고 솔직히 털어놓았다. 이렇게 심심하면
너랑 고량주에 라멘도 먹고 혼자서도 잘 살고 있는데
쉽게 그에게 자리를 내어 주었다가 또 상처를 받게 될까
무섭다고 말했다. 다른 사람들도 그렇게 나에게 정성을
들였으나 결국 무자비한 이별 통보와 냉담한 무관심으로
돌아섰다. 연애를 시작하면 그게 싫다. 연인이 되지
않았다면 절대 알지 못했을 그 사람의 무자비한 모습을
보게 되는 것이.

김은 전혀 개의치 않는 듯 귤을 주었다. 가타부타
설명도 없이 귤을 주었다. 바쁜 일정에 저녁을 먹지 못할
때면 편의점에서 귤과 빵을 사다가 속을 채워 주었다. 빵을
좋아하지 않는 나는 얄궂게 생긴 빵을 먹으며 든든함을
느꼈다. 편의점 빵으로도, 귤만으로도 든든하다는 생각이
들게 만드는 사람이라면. 어쩌면.

"너 나 좋아하지? 그럼 이제 어쩔 거야? 어쩌자는 거야?"

나는 그렇게 급작스럽게 강제로 고백을 받아 내었다.

혼자서 잘 살겠다는 다짐은 귤 하나에 무너졌다. 의지를
다졌지만, 그럼에도 불구하고. 사계절을 기다리기로 했지만,
그럼에도 불구하고. 나는 김이 없어도 바쁘게 살았지만,
그럼에도 불구하고. 나 없이 김은 자유로운 삶을 즐기고
있었지만, 그럼에도 불구하고. 우린 바보같이 조급하고

익숙지 않은 사랑을 선택했다. 이제 둘이서 잘 살아야 했다.

여느 날처럼 김과 데이트를 했다. 새로 연 가게에 마음에
쏙 드는 티셔츠가 있었다. 김과 나는 나란히 한 벌씩 들고
계산을 기다렸다. 김은 나의 어깨를 손으로 감싸며 다리가
아프지 않으냐 물었다. 그 말에 앞을 보았다. 사람들이
북적였고 줄이 길었다. 소음이 한데 엉겨 귓속에 쑤시듯이
들어왔다. 들숨이 목에 걸린 인절미 가루처럼 숨을 턱
막히게 했다. 날숨의 주기가 옆 사람에게 느껴질 만큼
짧아지기 시작했다. 옆에 있던 사람은 당연히 김이었다.

김이 내게 말했다.

"저기 앉아 있어. 내가 이거 사고 갈게. 저기면 나
보이지? 괜찮겠어?"

김의 말이 끝나자마자 나는 비틀거리듯 느리게, 하지만
마음만은 미친 듯이 빠르게 매장을 빠져나왔다. 어지럽고
메스꺼웠다. 눈앞이 하얘졌다. 그새 김은 계산을 마치고
내 옆에 앉았다. 생각보다 심각한 상태를 확인하고 놀란
듯했으나 김은 여전히 조용했다. 무슨 생각을 하는지 알 수
없는 김의 옆에서 나는 다시 숨을 쉬었다.

잔잔한 호수 같던 김과 나 사이에 불안이 밀려 들어왔다.
이제 둘이서 잘 지내야 하는데, 나는 또 누군가에게 짐이 될
모양이었다. 김과의 관계를, 억지로 쑤셔 넣은 것 같은 가쁜
숨 따위 때문에 깨뜨리기 싫었다. 나약한 나 때문에 우리의

관계를 망치고 싶지 않았다.

"나 병원 가 볼게."

김에게만은 완벽한 연인이 되고 싶었지만, 그럼에도 불구하고 나는 아픈 나를 꺼내어 보여 주었다. 혼자가 아니라 둘이라서, 혼자가 아니라 김과 잘 살고 싶어서 나는 애써 무시했던 나의 단면들을 챙겨 들고 병원으로 향했다.

죽음엔 이유가 없고, 삶엔 이유가 있다

"이 정도면 중증 우울증입니다."

의사가 말했다. 직장을 다닌 지 8년 차에 찾아온 가벼운 수준의 번아웃이라고 짐작했는데, 병의 재발이었다. 공황 장애가 재발하고 거기에 우울증까지 얻었다.

이번이 처음은 아니었다. 공황 장애는 이미 몇 년 전에 몇 번 찾아왔는데, 나는 그걸 스스로 꾀병 정도로 치부했다. 정신과도 한 번 갔고 약도 먹었지만, 그 한 번이 끝이었다. 나는 난감하기만 했던 연애와 내가 잘해야만 안심하는 가족 관계에서 벗어나기 위해 임시방편으로 내가 꾀병을 부린다고 여겼다.

'괜히 아픈 척하지 마.'

숨을 쉬기도 힘든 애한테, 내가 나에게 그렇게 야박하게 굴었다.

숨이 쉬어지지 않는 건, 그 상태를 숨기는 건 이제 익숙했다. 정신과를 찾게 된 이유는 숨쉬기 힘들어서가 아니었다. 가끔 내가 이상한 마음을 품기 때문이었다. 오토바이가 지나가는 바깥 소음 같은 작은 일로 짜증이

날 때도 있었고, 물을 따르다가 바닥에 조금 흘린 사소한
실수에도 쉽게 죽고 싶었다. 실수했네, 짜증이 나네. 그럴
바엔 차라리 죽고 싶다. 바닥에 주저앉았다. 신나는 노래를
들으며 화장을 하다가도 엉엉 울어서 화장을 다시 해야 할
때도 있었다. 멀쩡하게 일을 하다가 눈물이 났다.

　모든 일에 힘이 들었다. 겨우 일을 마치고 돌아오면,
휴일이 찾아오면 온종일 누워 있었다. 배도 고프지
않고 잠도 오지 않았다. 의미 없이 유튜브를 틀어 놓고
어두컴컴한 방 안에 누워 있었다. 영상이 재밌어서,
알고리즘의 선택으로 유튜브를 끊지 못한 게 아니다.
어두컴컴한 방 안에 정적마저 흐르면 나는 울었고 쉽게
죽고 싶어졌다. 유튜브라도 틀어 놓아야 시간이 쉽게
흘러갔다. 잠도 오지 않고 그렇게 의미 없는 말소리만
흘러가는 하루가 차곡히 쌓였다.

　생계를 유지하기 위한 일도 겨우 해냈기 때문에 퇴근
후의 글쓰기는 도저히 불가능했다. 그런 힘이 남지 않았다.
정말 쓰고 싶은데, 글을 쓰는 건 정말 내가 하고 싶은 일인데
몸에 힘이라고는 찾아볼 수 없어서, 의자에 앉을 힘도
없어서, 손가락 마디마디에도 힘이 없어서, 물 밖으로 나온
물고기처럼 눈만 껌뻑이며 나는 죽어 갔다.

　이런 나로 인한 피해는 고스란히 가장 가까운 사이에게
돌아갔다. 엄마와 전화를 하다가 한숨을 너무 많이 쉬는

나에게 "그렇게 한숨 쉬면 없던 복도 날아가겠다"라는 엄마
말에 엉엉 울며 그런 말 좀 하지 말라고 했다. 그런 농담
같은 말도 받아 줄 수가 없는 상태라, 이상한 지점에서 울어
버리는 딸에게 엄마는 당황했다. 괜히 엄마를 사과하게
만들었다.

　누굴 만날 힘도 없어서 친구들과 연락이 끊긴 지는
오래였다. 그나마 간간이 먼저 연락을 해 주던 친구들의
전화, 메시지에도 답을 줄 수 없었다. 대화를 이어 갈 자신이
없어서 받아 줄 수 없었다. 다행히 친구들은 내가 항상 뭘
하고 있거나 바빠서 그런 것으로 생각해 주었다.

　정신과 치료를 종종 고민하다가도 맥없이 누워만 있던
내가 내 두 발로 병원에 가게 된 결정적인 이유는 지키고
싶던 관계 때문이었다. 힘없이 흔들리는 내 눈을 처음
본 그는 침착하게 나를 바깥에 앉히고는 내 숨이 돌아올
때까지 기다렸다. 그를 보며 이제껏 지켜 오지 못했던
연애들을 떠올렸다. 그와의 끝을 상상했다. 끔찍했다. 그를
잃을 순 없었다.

　병원에 찾아가니, 원래 갖고 있던 공황 장애에 덤으로
우울증이 찾아왔다고 했다. 의사 선생님 말씀으로는 공황
장애는 보통 약을 먹으면 좋아지는 편이지만, 우울증은
중증이라 일단 잘 먹고 잘 자는 것부터 시작해야겠다고
하셨다. 김은 종종 나와 함께 병원을 찾았고, 아침저녁으로

내게 약을 챙겨 먹였다. 이상한 내 옆에 아무렇지 않은 듯 있어 주는 그를 보며 나는 살고 싶어져서, 그와 함께 살고 싶어져서 성실하게 약을 입에 털었다.

덤으로 찾아온, 아니 사실 메인이었던 우울증을 이제는 나 자신에게 감추고 싶지 않았다. 인정하고 싶었다. 매일 약을 먹어야 할 때마다 나는 내게 말한다.

"너는 아프다. 아픈 게 맞아."

살 이유가 보이기 시작해서 나는 약을 꼬박꼬박 먹는다. 그 행위가 내가 사랑하는 사람들에게 할 수 있는 최선임을 안다. 이제 내게 죽음은 다가오는 일이라는 것 말고는 의미가 없고 삶에 이유가 있다. 사랑. 아이러니하게도 날 이렇게 아프게 만든 게 사랑인데, 지금은 나의 사람들을 향한 사랑에 살고 싶은 이유가 있다. 그렇다면 이제 내 목을 조르는 사랑에서 도망치고, 살고 싶은 사랑만 하자고 다짐한다.

걱정을 해서 걱정이 없어지면 걱정이 없겠네

나는 그 누구보다 걱정이 많다. 누구보다 별 탈 없이 사는데 우울증을 앓고 있는 건 걱정이 많은 내 성격 탓이 크다. 단적으로, 김을 만나는 동안 어쩔 수 없이 나는 그런 나의 모습을 자주 보여 줄 수밖에 없었는데, 책 계약이 한 번 엎어졌을 때 수많은 걱정으로 극한의 불안에 휩싸인 나를 김은 보았을 것이다.

그리고 내 생일을 기념한 여행에서 계약이 파기된 출판사로부터 기다렸다는 듯이 전화가 온 순간, 나의 불안감은 폭발하고 말았다. 누구보다 즐거워야 할 그 여행에서 나는 다리를 떨며 김에게 말했다.

"이 사람, 왜 나한테 전화했지? 설마 계약서상에 문제가 있는 거 아냐? 일단 안 받았어. 너무 놀라서. 근데 왜 전화했지? 분명히 그때 잘 마무리했는데? 너도 옆에 있었잖아. 맞지? 후, 진짜 왜 전화했을까? 무슨 할 말이 남아서? 다시 걸어 봐야 할까? 그냥 씹을까? 그때, 마무리할 때 나 잘 정리한 거 맞겠지? 아냐, 맞아. 근데 왜 전화했을까?"

그러자 김이 말했다.

"전화해 봐. 내가 해 줄까?"

차마 김에게 전화를 맡기기엔 자존심이 상해서 나는
한 손으로 김의 손을 잡고 다른 한 손으로 떨리는 마음을
부여잡고 걸려 온 번호로 전화를 걸었다. 그리고 너무나
친절한 목소리가 돌아왔다.

"아, 죄송해요, 작가님. 잘못 걸었어요. 잘 지내시죠?"

이런 내가 연애를 한다면? 정말 대환장 파티가 일어난다.
김을 만날 때도 그랬다. 나는 김 같은 사람을 처음 봐서 김과
꼭 결혼해야겠다는 확신이 섰다. 그러나 사업을 하는 김과
결혼을 하겠다 하면 마주할 가족들의 반대도 걱정되었고,
실제로 김의 불안정한 수입도 걱정되었고, 김의 마음이
나만큼 깊지 않을까 걱정했고, 이런 마음 때문에 김과
평생을 함께하지 못할까 걱정했다. 어김없이 이런 나에게
김은 "걱정하지 마. 나도 너와 같아"라고 말해 주었지만
우리가 당장 결혼을 하거나 같이 사는 게 아니었으므로
역시 해결될 걱정이 아니었다. 나는 걱정을 안은 채 김을
사랑했기에 항상 불안했다.

그런 나에게 김은 항상 "해 봐" 내지는 "해 보자" 카드를
꺼내 들었다. 결혼하지 못할까 봐 불안에 떠는 내게 김은
조금만 시간을 달라고 했다. 나는 기다렸지만, 더욱 심하게
불안에 떨었고, 결국 김은 우리 집과 가까이 이사를 오는

초강수를 두었다.

"이제 결혼하자. 여기서 어떻게든 같이 살자."

그때 처음으로 김과 관련된 모든 걱정이 사라졌다. 가족의 반대? 불안정한 수입? 유난한 나에 대한 김의 속마음? 약하디약한 내 마음? 무슨 상관인가. 나는 진짜로 해낸 김과 더욱 가까워졌다는 사실에 기뻐서 걱정할 겨를이 없었다. 내가 걱정만 하는 사이 김은 조금씩 움직여서 마침내 해냈고 그 모습을 보며 나는 그제야 단순한 사실을 다시 깨우쳤다. 걱정해서 걱정은 없어지지 않는다. 당장 뭐라도 해야 한다.

걱정은 나를 노예로 삼는다. 고민거리로 두 손 두 발을 꽁꽁 묶어 꼼짝을 못하게 만들 때도 있고, 감정적으로 행동하게 만들기도 한다. 그날도 마찬가지였다. 걱정이 "너 그 편집자 전화 걱정되지? 여행 편하게 즐길 수 있겠어?"라고 말하자, 나는 걱정의 뜻대로 여행을 즐길 수 없었다. "너 지금 커피가 넘어가니? 이 카페 분위기 느낄 수 있겠어? 전화는 어쩌고?"라고 걱정이 말하자, 나는 따뜻한 커피 한 모금도 느낄 수 없었다. 그렇게 걱정은 나를 자신의 노예로 만든다.

걱정이 많은 성격은 바꿀 수 없다. 인간은 쉽게 변하지 않는 존재이기에. 하지만 걱정과 내 사이를 멀리 떨어뜨릴 수는 있다. 걱정은 추노꾼과 같아서 걱정하지 않으려고 해도 어느새 나를 바짝 추격해 온다. 그럴 때 방법이 딱 한 가지 있다. 최대한 빨리, 걱정으로부터 달아나 걱정과 나 사이를 조금이라도 멀리 떨어뜨려 놓는 것. 비록 나중에 잡힐지라도 최대한 멀리 달아나는 방법이 그것이다.

어떻게 달아날지 고민해 봤다. 나는 그 답을 김에게서 찾았는데, 김은 걱정이 없다기보다 걱정을 잘 다룰 줄 아는 편에 속했다. 그래서 김에게 물어보았다.

"너는 걱정이 생기면 어떻게 해?"

이 질문에 김은 일단 걱정과 관련된 일을 무조건 실행에 옮긴다고 했다. 그럼 비록 잘될 거라는 확신은 없지만 내가 해결하고 있다는 사실 하나만으로 걱정과 조금은 멀어지는 느낌이라고 했다. 그리고 행동하는 그 순간만큼은 걱정이 잠시 잊히기도 한다고.

"그래도 해결되지 않는 걱정이라면?"

"그럼 포기해야 해. 그리고 다른 일을 해."

김이 말했다. 산책 갈까? 쓰레기 버리러 잠깐 나갔다 올까? 맥주 사러 나갔다 올까?

"움직이자."

김은 고민에 빠져 시름시름 앓는 나에게 항상 말한다. 누워만 있지 말고 나랑 뭐 하자. 그게 청유형이라, 함께 하자는 뜻이라 나는 기꺼이 그의 손을 잡고 움직인다. 그럼 걱정을 피할 수는 없지만, 걱정과 조금 멀어지는 기분이

든다.

걱정에 좀먹히는 순간보다는 사랑하는 사람과 함께하는 순간이 더 낫다는 건 분명히 알면서도 잊기 쉬운 사실. 그러나 그걸 상기시켜 주는 사람이 있다는 건 크나큰 행운이라고 매일같이 생각한다.

사람 보는 눈

친구가 말했다.

"나 진짜 착한 애라고 자부한다."

이게 무슨 망발인가 싶겠지만 그녀는 정말 착하고 성실하고 심지어 예쁘기까지 하다.

"근데 이게 무슨 일이야? 다들 잘 사는데 나는 왜 이래?"

누가 봐도 나쁜 사랑에 상처를 입은 그녀가 한탄을 시작했다. 다들 결혼할 나이에 사랑에 아파한다는 사실이, 새로운 사랑을 찾기엔 너무나 아득해져 버린 우리의 나이가 그녀를 매일 밤 울게 만든다고 했다.

"나는 너 같은 사람이 남자로 나타나잖아? 그럼 바로 꼬셔서 결혼할 거야."

진심이 담긴 농담에 그녀가 비로소 웃었다. 그만큼 그녀가 괜찮은 사람이라는 나의 위로였다. 그녀는 정말 괜찮은 사람인데 왜 알아보는 사람이 없을까, 아니 그냥 사람이 없는 것 같다, 같이 한탄도 해 주었다. 그리고 말했다.

"근데 이렇게 혼란스러운 시기를 다들 한 번은 겪는

거 같더라. 나만 왜 이러지? 이런 질문 있잖아. 그거 다 한 번씩은 하는 것 같아."

그리고 말했다.

"알지? 돌이켜 보면 나도 그랬던 거. 우리 더 늦었을 때 이러지 않아서 다행이라고 생각하자. 지금 이렇게 혼란스럽지 않으면, 사랑 때문에 아파해 보지 않으면 나중에 그럴지도 몰라. 늦바람이 제일 무섭다니까. 지금 이러는 거 네가 별로여서 그런 게 아니야. 네 탓 아니야. 결혼하고 나서 이럼 더 큰일 나!"

나의 허튼 말에 친구가 웃는다.

빈말은 아니었다. 진심이었다. 제 나이에 맞는 반항, 제 나이에 맞는 투정, 제 나이에 맞는 고민이 누구에게나 허락된 것은 아니다. 특히 내가 좌지우지할 수 없는 사랑의 영역에서는 더더욱 그러하다. 멀쩡하고 행복한 가정을 파탄 내거나 능력 있고 잘 가꾼 외모에 좋은 성격 등등 모든 걸 갖춘 인간도 울게 하고 무릎 꿇게 만드는 게 사랑이다.

한번은 내가 좋아하는 쿠키집의 사장님인 삐삐 언니와 김에 대한 이야기를 한 적이 있다.

"솔이는 김 씨랑 결혼을 결심한 계기가 있어?"

언니의 말에 딱히 생각해 본 적 없는 김과의 결혼 이유를 생각해 보았다.

"언니, 저 언니 처음 만났을 때 기억나요? 저 혼자서도 엄청 잘 살았잖아요. 혼자서 술도 잘 먹고 잘 놀고……. 솔직히 그때 인기 많았거든요? 그때 그 남자 알죠? 걔도 저 좋다고 했어요. 근데 그때는 알아챌 수가 없었어요. 그 남자가 절 좋아했다는 사실을 나중에야 알았어요. 그만큼 혼자서도 너무 만족스러웠으니까, 누가 다가와도 잘 모를 정도로 저 혼자를 즐기는 날들이 너무 좋았어요."

"김 씨는 뭐가 달랐나 보다."

"네. 사실 김이 먼저 연락했을 때도, 귤 주고 데려다주려고 했을 때도 몰랐어요. 아니 그땐 솔직히 알았는데 모른 척하고 싶었던 것 같아요. 이렇게 만족하고 있는데 굳이 연애를 해야 하나 고민도 많이 했고. 근데 언니, 신기하게 본능적으로 촉이 딱 서는 거예요. 아, 이 사람은 좀 다르다. 이 사람 잡아야 한다."

"신기하다. 어떻게 그랬지?"

"다 옛날에 전 남친들한테 배워서 그런 거 아닐까요. 사람 거르는 눈 생겨서. 거르고 걸러서 김이 보였나 봐요."

그런 점에서 아픈 사랑은 겪어 낼 가치가 있었다. 뜨겁거나 위험한 물체를 인지하고 피할 수 있는 이유는 근처에라도 가 봤기 때문이다. 보기만 해도 알기 때문이다. 하지만 보이지 않는 사랑은? 사랑은 겪어 봐야 실체가 눈에 보이기 시작한다. 이번 사랑은 내게 위험한지, 진정 나를 위한 사랑인지 겪지 않고서는 알 수가 없다. 그런 의미에서

아픈 사랑을 피하고, 겪어 내지 않았더라면 나는 여전히
위험한 사랑이 다가와도 몰랐거나 김이 눈앞에 있어도
놓쳤을지 모른다. 혹은 내가 원하는 조건은 알지도 못한
채 연봉, 키, 외모 등에 꽂혀 사실 알맹이도 뭣도 없는 결혼
시장을 떠돌고 있었을지도 모른다. 다행히 무모한 나는 아픈
사랑에 부딪혀 보고 겪어 내어서 더는 나를 아프게 하지
않을 사랑과 내가 원하는 사람을 알아보는 눈이 생겼다.

아직은 이 말이 위로가 되는 때가 아니라서 친구에게 해
주지 못한 말이 있다.

'지금이라서 다행이다.'

나는 이제 친구가 제발 이 시기를 잘 견뎌 내서
단단해지기만을 바란다. 앞서 말했듯 사랑에는 실체가
없어서 40대에도, 50대에도, 언제든 어떤 형태로든 나타날
수 있다. 언제든 나타날 수 있는 위험한 사랑을 분별하지
못하면 사달이 난다. 하지만 아픈 사랑을 온전히 겪어 낸
사람들에겐 단단한 마음의 눈이 생긴다. 내게 위험한 것을
인지하고 내 주변을 온전하게 유지하기 위해 애쓰는 그
경험을 해 본 자만이 안다.

하지만 이 말은 다 겪어 낸 후에나 위로가 됨을 알기에
나는 이 기회에 그녀에게도 강하고 곧은 마음이 주어지길
바라며 친구로서 조용히 옆을 지킨다.

애틋합니다

나는 끊임없이 우울하다. 우울을 떼밀어 보지만 쉽게 우울해진다. 그래서 이제는 나의 우울을 안아 주기로 했다. 내가 매번 말도 안 되는 이유로 울 때마다 안아 주었던 김을 보고 배웠다. 남도 나를 이렇게 안아 주는데 나라고 나를 안아 주지 않을 이유가 없다.

"연인을 보면 어떤 생각이 드십니까?"

파주의 한 작가님이 운영하시는 숙소에 머문 적이 있다. 작가님이 아침에 따뜻한 커피를 한 잔 내려 주시며 김에게 물었다. 말주변이 없는 김이 한참을 고민하더니 어렵게 입을 떼었다.

"애틋합니다."

애틋하다고 말했다. 이 말에 작가님이 아리송한 표정을 지으셨다.

'애틋하다'에는 두 가지 뜻이 있다. 섭섭하고 안타깝다는 뜻, 아니면 정답고 알뜰한 맛이 있다는 뜻. 다소 상반되어 보이는 뜻을 모두 안고 있는 단어다. 그러니 항상 단어를 다루는 작가님의 표정이 아리송할 수밖에. 나는 김이

애틋하다고 답한 이유를 안다. 그때 나는 김의 품 안에서도
불안에 떨었고, 쉽게 나약해졌다. 그리고 김은 그런 나의
모습을 동전의 양면처럼, 나의 좋은 면의 반대편에 있는
모습처럼 받아 주었기에 나를 보면 애틋하다는 말이 나올
법했다.

그런 김의 마음과 태도는 지나치지 않아서 꽤 맘에
들었다. 그리고 김이 천 일이 넘는 시간 동안 나를 애틋하게
여겨 준 결과, 그 마음은 오롯이 내게 전달되어 나마저도
나를 애틋이 여기게 됐다. 나는 나를 생각하면 애틋하다.
특히 우울을 안고 살아가는 내가 장하고 기특하지만
한편으론 안쓰럽다. 말 그대로 애틋하다.

어렸을 땐 우울한 나의 모습을 한심하게만 여겼다. 특히
10대 때 쉽게 화를 내고 어른들에게 반항하고, 별거 아닌
일에도 까르르 웃는 아이들을 이해하지 못했다. 그래서일까,
내가 거쳐 온 선생님들께서는 하나같이 내가 참 의젓하다고,
제 나이에 맞지 않게 덤덤하다고 말씀하셨다. 그 말에
가족들이 느낀 걱정은 괜한 기우가 아니었을지도 모른다.
어른들은 내가 꼭 애늙은이 같다며 잘 웃지도 울지도 않는
나를 걱정했다. 사실 어린 나는 모든 감정을 제대로 다룰
줄 몰랐다. 감정이 찾아와도 처리하기가 귀찮고 낯설었을
뿐이지 결코 담담했던 것이 아니었다.

그런 내가 변한 건 스무 살쯤이었다. 혼자 살기 시작하고, 성인이 되면서 나를 통제하던 요소들이 사라지자 내 안의 감정들이 폭발하기 시작했다. 나는 쉽게 사랑에 빠졌고, 쉽게 화를 냈다. 아무런 제지 없이 감정들을 쉽게 터뜨리자 사춘기가 스무 살이 지나 찾아왔다. 혼자 사는 이에게 부모님을 걱정시키지 않고 몰래 일탈하기는 아주 쉬운 일이었다. 혼란했고, 멍청한 날들이 지났다.

"네가 이렇게 변할 줄 누가 알았겠니."

오랜 시간 나를 알아 온 사람들이 말한다. 나 역시 다사다난한 날들을 겪은 그제야 나를 알았다. 나는 변한 게 아니다. 나는 원래부터 그 누구보다 감정적인 사람이다.

혼란했던 20대와 그걸 수습 중인 현재는 나에게 '덤덤했던 어린 날에 대한 보충 수업'이다. 어린 날에 마땅히 배워야 했던 감정에 대한, 겪어야 했던 사춘기에 대한, 어른들에게 맞서고 표현해야 했던 반항심에 대한 보충 수업이다. 부끄럽게도 나는 그걸 30대가 된 지금에야 하고 있다. 배워야 할 내용이 너무 많아서 좀 버겁긴 하지만 더 늦어서 감정의 소용돌이에 빠진 40대, 50대의 나를 상상하면 아찔하기에 지금이라도 10대의 혼란을 겪을 수 있게 되어 다행이라고 달래 본다.

그에 더해 지금은 우울에 관해 배우고 있다. 어떤 일이 있어도 말짱한 척하며 생계를 이어 가야 하는 어른의

책임은 무엇인지, 그 후에 찾아오는 허탈함과 우울은 어떻게
다루어야 하는지 온몸으로 부딪치며 배우고 있다.

　　우울은 알고 보니 까다로운 나에 대해 이해하게 했다.
우울증 환자가 된 덕분에 알게 된 사실들이 있다. 나는
아침이나 낮에 해를 보지 않으면 쉽게 우울해진다. 저녁에
조명이 너무 밝으면 짜증이 난다. 일주일에 하루 정도는
운동을 꼭 해야 우울하지 않다. 가족과 연인에게 서운함도
쉽게 느껴서 꼭 표현해야 뒤끝이 없다. 생각보다 쉽게 웃고,
쉽게 울 수 있다.

　　그 사실을 체득한 뒤 나는 까다로운 나를 대접하기
시작했다. 우울한 내게 가장 필요한 건 다정한 부모님과
연인, 친구, 모든 고민을 해결해 줄 것 같던 돈 모두
아니었다. 가장 필요한 건 나를 소중히 다루는 나
자신이었다. 아침에는 고단한 내가 자게 될 침대를
정리하고, 우울해지기 쉬운 저녁, 누구보다 예민한 나를
위해 잔잔한 조명과 노래를 틀며, 따뜻하고 향이 좋은
차를 내어 주는 나 자신이 필요하다. '나는 유난한 내가
필요하다.' 우울은 내게 그걸 가르쳤다.

　　감정의 소용돌이 그 자체인 진짜 나를 몰라서 감추느라
고생했던 청소년기의 나와 혼란했던 20대의 나를 그
누구보다 내가 애틋하게 바라본다. 솔직히 예민한 내가 짜증
나고 자괴감이 들 때도 많지만 한편으론 이렇게 종잇장

같은 마음으로 현대 사회를 헤쳐 나가는 내가 대견하다.

그러니 애틋해서, 나는 오늘도 약을 입에 털고 직접 정리한

침구에 몸을 조심히 뉜다.

희망 사항과 마이크

나이 30대. 그래도 나에겐 아직 장래 희망이 있다. 나는
책방 주인이 되고 싶다. 나는 무려 열 살 전부터 작가이자
책방 주인이 되고 싶었다. 그리고 그 한구석에서 내 글을
쓰고 싶었다. 수많은 걸작 사이에 내 책을 은근슬쩍 끼워
넣어 팔고 싶었다. 모두가 이해하지 못했다. '네가 굳이?'
하는 표정을 짓기 일쑤였다. 부모님은 꼭 지금 해야 하냐며
시기를 물었고, 이전 남자친구들은 그 시기를 은퇴 후라고
단정 지었다. 하지만 나는 하루빨리 책방지기가 되고
싶었다. 내 진짜 장래 '희망'이었으니까.

우리에게 여유가 찾아왔을 때 김에게도 말했다.

"나는 책방을 열고 싶어."

그때 김은 진지하게 내 얼굴을 보고 물었다.

"지금 한번 알아볼까?"

순간 나는 심각해졌다. 일생일대 처음으로 들어 본 말이었기
때문이다. 김이나 내가 돈이 많아서도 아니었다. 쥐뿔도
없는 우리네 입에서 바로 '하자'라는 말이 나왔다. 꿈인
걸까. 이내 나는 현실로 돌아왔다. "에이, 지금 말고. 당장

무모하게 시작하자는 뜻은 아니야." 하지만 김은 진지했다. 물론 '지금 당장'이라는 시기가 무모하다는 말에는 동의했다. 그런데도 김은 끈질기게 물었다.

"그럼 어떻게 하면 좋을까?"

그 질문에 나는 막연하게 내가 좋을 대로 답했다.

"일단, 생각 없이 공간 사업에 뛰어들고 싶지는 않아."

김은 동의했다.

"뭔가 내 브랜드를 만들고, 어떤 게 내 상징이 되었을 때, 사람들이 조금은 나를 알아봐 줄 때 그때 가장 소중한 책방을 열고 싶어. 그것만큼은 망하고 싶지 않으니까."

김은 골똘히 생각에 잠겼고, 더는 말하지 않았다. 그렇게 김도 역시 막막히 넘어가는 줄 알았다.

속초에 여행을 갔을 때였다. 김이 내 손을 이끌고 갑자기 속초에 있는 한 마트를 찾았다.

"뭐 필요한 거 있어?"

"있지."

김이 이끈 곳은 마트의 전자 제품 매장이었다. 전자 기기를 좋아하는 김이었기에 그날도 큰 의심 없이 사고 싶은 것이 있나 보다 생각했다. 계산하는 김의 뒷모습을 멍하니 바라보던 그때, 김의 손에 들려 있는 것은 마이크였다.

220

김이 말했다. "유튜브부터 시작해 보자."

김은 항상 내 재능이 아깝다고 했다. 자기는 카메라 앞에서, 사람 앞에서 한마디도 못 하는데 자신과는 반대로 망설임 없이 어떤 주제라도 줄줄 말을 뱉는 내가 부럽고 아깝다고 했다. 나는 그걸 경거망동이자 오지랖이 넓은 거라고 생각했는데 김은 재능이라고 말해 줬다.

"에? 지금 여기서? 당장 시작하라고?"

그에 김은 별거 없다고 말해 줬다. 영상을 찍는 것만으로도 시작이라고. 큰 건 필요치 않다고 말했다.

"하지만……."

확신에 찬 김의 눈앞에서 나는 자꾸 '하지만' 따위의 사족을 늘어놓았다. 그런 나를 지켜보던 김이 잠시 편의점에 다녀온다고 했다.

"역시 관광지라 이것도 편의점에서 팔더라."

삼각대였다. 이번엔 김도 단단히 마음먹은 듯했다.

나는 그렇게 구독자가 지인 단 둘뿐인 유튜브를 시작하게 되었다. 나는 그곳에 영상을 올리고 내가 하고 싶은 말을 한다. 댓글은 하나도 없지만 김은 여전히 열렬히 응원해 준다. 내가 틀림없이 내 브랜드를 갖고, 책방을 열게 될 거라고. 얼굴도 알지 못하는 사람들이 그날을 기뻐해 주는 순간이 꼭 올 거라고. 20대에는 자신만만했지만, 지금은 희미해진 나의 장래 희망을 두고 오히려 김은 내게 분명하게 그렇게 될 것이라 말해 준다. 그래서 부끄럽고 쑥스럽지만, 오늘도 나는 카메라를 켜고 말한다.

　"제 장래 희망은 책방을 지키는 호호백발 할미가 되는 거예요."

방귀와 선

나는 김과 방귀를 텄다. 사실 좀 일찍 텄다. 김은 처음엔
굉장히 부끄러워했고 지금도 자신의 의지와 상관없이(?)
피식 새어 나오는 방귀에 부끄러워한다. 나는 처음에도
당당했고 지금도 당당하다. 나는 너무 당당하고 김은 너무
부끄러워해서 한 가지 규칙을 세웠다. 우리는 방귀를 뀌면
카메라 앞에서 슬레이트를 치는 것처럼 하이파이브한다.
서로의 장 활동을 향한 응원이자 사실은 방귀 따윈 아무런
상관이 없다는 뜻이다.

결혼을 앞두었다는 소식에 많이 들은 질문 몇 가지가
있다.

"결혼 준비하면 엄청 싸운다던데?"

우린 단 한 번도 싸우지 않았다. 그냥 집에서 대충
결혼하고 싶다며 우는 나와 달래는 김만 있었을 뿐.

"같이 살면 안 맞는 점이 많지 않아?"

이 부분에 대해선 심층 토론을 거쳤다. 나는 밥을
차리고 김은 설거지를 한다. 나는 청소를 하고 김은 음식물
쓰레기를 버린다. 사실 우린 서로의 행동에 토를 잘 달지

않는다. 우리의 불문율이다. 그래서 오히려 혼자 살 때보다 편하다(나만의 생각일 수도 있다).

"계속 혼자 살다가 누구랑 같이 살면 불편하지 않아?"

우린 방귀 말고도 많은 것을 텄다. 하지만 우리에게도 절대로 사수하는 영역은 있다. 막말과 상처를 의도한 행동은 서로에게 트지 않았고 틀 계획도 없다.

김은 선하다. 하지만 나는 욕심이 많아서 김처럼 천성이 선한 사람은 아니다. 김은 욕을 할 줄 모르고 아주 싫어한다. 나는 욕을 한다 하면 끝내주게 할 수 있고, 운전할 때 나도 모르게 욕이 튀어 나가는 습관이 있다. 김은 그 누구에게도 막 대하는 법이 없지만 나는…… 지난 연애를 돌아보면 어떤 상황에서는 막 대할 수 있는 사람이다. 그러니 김에게 나는 3년 넘게 내숭을 떨고 있는 걸지도. 다만 다행히 나에게는 치명적인 약점이 하나 있다. 바로 '착한 사람에게 약하다는 것'이다. 김은 착하고 나는 김 앞에서 약하다.

연애 초, 내가 처음으로 내 마음과 반대되는 행동을 했을 때가 있었다. 나는 그날 김에게 서운한 게 있었고 김은 너무 늦게 그걸 알아챘다. 지금 같으면 바로 말했겠지만, 그땐 왜 그렇게 자존심이 셌는지 나는 화가 난 정확한 이유도 말해 주지 않고 집에 가려 했다. 김은 기어이 집에 가려고 하는 나를 잡으며 내 차 조수석에 얼른 앉았다.

"얘기 좀 하자."

나는 입을 다물었다. 그러자 김은 모든 것을 포기한 듯 차에서 내렸고, 문을 닫았다. 순간, 나는 김과 헤어질 수 있겠다는 생각을 했고 집으로 돌아오는 내내 두려움에 휩싸였다. 김과 헤어질 수도 있다. 김에게는 낯선 이 행동 때문에, 의도가 다분한 이 경거망동한 행동 때문에 김은 나 같은 걸 포기할 수도 있다.

집에 도착할 때쯤 김이 나에게 전화를 걸었다.

"집에 도착했지?"

세상 다정한 말투였다. 나는 그의 말투에 왈칵 안도의 울음을 쏟았다.

그 이후에 김이 말했다.

"그때처럼 갑자기 집에 가려고 하지 마. 너무 당황스러워서 내가 어떻게 해야 할지 모르겠어."

너무 말랑말랑하게 말하는 김 앞에서 나는 굳게 약속했다. 상대의 말을 들을 생각도 없이 회피하려고만 하는 행동. 그건 김의 선을 넘는 일이었다. 아마, 다시 선을 넘는다면 우리는 헤어질 수도 있다. 내 불찰로 김을 놓치게 되는 건 그때도 지금도 가장 무서운 일이다. 그래서 그 이후로 나는 김 앞에서 울고불고 난리 치는 일은 있어도 집으로 도망치지는 않았다. 그에 보답하듯, 김은 우리에게 갈등이 생기면 정신줄을 놓아 버리는 나와 달리 어떻게든 같이 해결하려고 노력했다.

누구든 어떤 관계든 내가 잘못하면 상대는 나를 떠날 수 있다. 이 사실은 확실히 방귀보다 중요한 선이다. '우리 사이는 영원할 거야'라는 말도 안 되는 믿음보다 '내가 이 사람을 하대하면 우리 사이는 언제든 깨질 수 있다'라는 자각이 훨씬 더 신뢰할 만하고 나는 이 경각이 연인에게 꼭 필요하다고 생각한다.

우리는 방귀를 텄다. 하지만 아직 넘지 않은 선도 있다.

우리는 어차피 헤어질 사이

나에겐 친한 언니들이 던져 준 인생 명언 두 가지가 있다.
하나는 "지 팔자 지가 꼰다"이고, 다른 하나는 "제짝 만나기
전엔 어차피 다 헤어질 놈들이다"이다. 이번 이야기는
후자에 대한 것이다.

예전에 나는 연애는 참 예쁜 것이라고 생각했다. 우리 집
애 빼고 남의 집 애들은 다 순하고 예뻐 보인다는 말처럼,
내 연애 말고는 다 예쁘고 순해 보였다. 그래서 시작도 끝도
힘든 내 연애는 아직 '사랑답지 않다'라고 믿었다. 아직 나는
제대로 된 사랑을 못 해 본 거라고. 상대를 잘못 만났거나,
내가 진지하지 못했다는 이유 등으로 아직 진지하고 예쁜
'진짜 사랑'이 찾아오지 않은 것이라고.

그때 우연히 〈500일의 썸머〉를 처음 보게 되었다. 나에게
영화에 나오는 남자 주인공 톰은 사랑에 빠진 순수한
청년이었고, 여자 주인공 썸머는 끼 부리는 희대의 나쁜
년이었다.

그로부터 몇 년 후, 전날까지 사랑 시를 읊던 X가 내가
이렇게 쌈닭인지 몰랐다며 도망갔다. 그 뒤에 또 다른 X는

나를 보면 전 여친이 떠오른다며 역시 도망갔다. 그 이후
연애와 사랑에 대한 환상이 깨지기 시작했다. 아, 역시 남의
애도 집에 가면 울고 떼쓰는구나. 그 사실을 깨달은 것이다.
오히려 사랑은 필시 신이 자만하는 인간을 벌하기 위해
내린 감정이라 굳게 믿기 시작했다. 그때의 나에게 톰은
제멋대로 그려 낸 '환상 속 썸머'를 사랑하다 실망한 지질한
놈이었고, 썸머는 감정에 솔직하며 줏대 있는 신여성이었다.
톰만 보면 나에 대한 환상이 깨지는 순간 도망가던 X들이
떠올랐다. 톰에게 화가 났고 썸머에게 납득이 갔다.

　　그 이후로도 매년, 별일이 없어도 〈500일의 썸머〉는
연례행사처럼 챙겨 보게 되었다. 정말 신기하게도, 그때마다
톰과 썸머는 조금씩 다른 모양새로 다가온다. 올해도 역시
그랬다. 작년과 달랐다. 올해의 결론은, 나는 썸머가 아니라
톰이라는 것. 예쁜 연애를 굳게 믿고 있다가 처참하게
깨지고 지질한 반항의 암흑기를 보내다 결국 다시 사랑에
빠지는 톰이 꼭 나 같다는 것이었다.

　　최근에는 김과 이 영화를 같이 보았다. 김이 먼저, 이
영화를 같이 보고 싶다고 말해 주었기 때문에 의도치 않게
같이 봤다. 결말을 아는 나는 사실 속으로 겁이 났다. 우리
한창 좋을 땐데, 굳이 헤어지는 이야기를 봐야 하나? 그러나
도인道人 김에게 한낱 영화 나부랭이는 일상에 전혀 영향을
미치지 않는다는 점을 알았기에 알겠다고 했다.

영화를 보고 김에게 물었다.

"둘이 왜 헤어진 것 같아?"

"안 맞아서 그랬겠지?"

역시. 테레사 김은 그 누구도 탓을 하지 않는구나. 김도
물었다.

"둘이 왜 헤어진 것 같아?"

이 질문에 잠시 침묵을 하며 "안 가르쳐 줄래" 하고
튕기는 새초롬한 여자친구의 모습을 보더니, 김이 마른침을
삼키며 한 번 더 물었다.

말하기를 주저한 이유는 한창 만나고 있는 연인과
'헤어짐'을 주제로 이야기하는 일이 참 꺼림칙하게
느껴졌기 때문이었다. 그리고 톰의 모습이 너무 내 모습
같아서, 쪽팔린다고 말하기가 쪽팔렸다. 그래서 그냥 있어
보이는 척하며 에둘러 이야기했다.

"둘 다 잘 몰라서 그래."

둘 다 '제짝을 찾기 전까진 어차피 헤어진다'라는
진리를 몰라서 그런 거라고 답했다. '어차피 헤어진다'라는
충격적인 발언에 흠칫 놀라는 김에게 설명을 시작했다. 톰은
'어차피 헤어진다'라는 사실을 몰라서 그렇게 지질했던
거고, 썸머는 '제짝을 찾을 수 있다'라는 사실을 몰라서
혼란스러워하는 거라고.

"그래도 결국 둘 다 알게 되잖아. 톰은 누구 탓이 아니라,

단지 썸머가 제짝이 아니라서 헤어진다는 걸 알았고, 썸머는
제짝을 찾았고. 그래서 해피엔딩인가 봐."

　끝까지 자존심 때문에 '톰이 하는 짓이 꼭 날 보는 것
같아'라는 말은 결국 하지 못했지만, 김은 대강 알아들은
듯했다.

　그렇다. 나도 몰랐다. 사실 아직도 잘 모르겠다. 누군가와
사랑에 빠지면 그 사람이 평생의 인연으로 느껴지고 절대
헤어지지 않을 것만 같다. 그래서 제짝이 아니라는 일종의
경고, 즉 이별의 징후들이 발견되어도 링고 스타의 앨범을
들고 어색하게 웃는 톰처럼, 어색한 연애를 이어 가려고만
한다. '그놈이 그놈이다'라는 말도, '어차피 다 헤어질
사이다'라는 말도 다 싫다.

　그러나 이미 나는 알고 있다. 제짝이 아니라면 언젠가
헤어질 것이고, 제짝이어도 언젠가 헤어질 것을. 그
헤어짐의 이유가 '화를 내는 모습이 무서워서'일 수도 있고,
'전 여친이 떠올라서'일 수도 있으며, '죽음'이 될 수도
있다. 헤어짐의 이유만 다를 뿐, 우리는 결국 헤어질 사이다.
그렇게 생각하고 나면, 연애가 다 무슨 소용인가 싶기도
하지만, 내 옆의 그를 보면 꼭 그렇지만도 않다. 그러든지
말든지 순하게 웃고 있는 김이 더욱 애틋해진다. 어차피
헤어질 거라면 조금이라도 더 봐 둬야지 한다. 그리고
마음 한편으로 욕심도 부려 본다. 우리 이별의 이유는

호상好喪이길.

그래서 쓸쓸한 마음은 뒤로하고 '어차피 헤어질
놈'에게 최선을 다하기로 했다. 이렇게나 좋은 걸 의심하고,
노심초사할 시간에도 헤어짐의 시간은 우리에게 다가오는
중이니까. 이런 말을 할 수 있는 내가 조금은 멋있어진 것도
같다. 톰이 썸머와의 이별을 통해 '어떤 무언가'를 알게
된 것처럼, 그간의 썸머 같은 이별들도 나에게 알려 주고
있었나 보다.

잡생각 말고 지금은 사랑이나 하라고 말이다.

무해한 사람

연애와 결혼. 누군가는 부러워할 테지만 나는 아니다.

연애와 결혼은 사서 고생하는 길이다. 솔직히 고난과 고통에 가깝다. 그런데도 김과의 연애와 결혼을 선택한 이유는 단한 가지다. 김이 무해한 사람이기 때문이다.

김 언니의 결혼식에서 처음으로 영이를 비롯한 여덟 명의 친구에게 김을 소개하게 되었다. 나의 20대 초반을 조와 수, 은과 올이 언니가 살펴 줬다면 이 여덟 명, 일명 '팔보채'는 20대 후반과 지금까지 나를 성장시켜 준 고마운 친구들이라 김에게 그리고 친구들에게 서로를 꼭 소개해 주고 싶었다.

김 언니의 야외 결혼식은 유쾌하고 아름다웠고, 친구들과 김은 식사까지 잘 마치고 헤어졌다. 그리고 중요한 그다음. 대표로 영이에게 물었다.

"김 어땠어? 애가 너무 말수가 없었지? 원래 낯을 가려서……."

"야, 언니들이랑 나랑 다 같이 한 말이 있어."

"뭔데?"

"사람이 어쩜 그렇게 무해하니. 진짜 무해하다는 말이 딱 어울려."

너무 착하더라. 선하더라. 이런 말도 따라왔지만 '무해하다'라는 평은 처음 들어 봤고 김에게 꼭 어울리는 말이라고 생각했다.

김에게는 해로운 면이 없다. 다른 사람에게 폐를 끼치는 걸 극도로 싫어하는 성향 탓도 있지만, 나는 그 이유를 나의 시어머니, 김의 어머님에게서 발견했다. 김의 무해함은 어머님께 물려받은 것이다.

김이 어머님을 똑 닮았다는 사실은 알고 있었지만, 확실히 체감한 것은 상견례 때였다. 상견례 자리를 무사히 마치고 부모님과 따로 카페로 간 내가 긴장되는 마음으로 엄마에게 물었다.

"오늘 어때? 괜찮았어?"

괜찮았느냐는 질문은 여러 부분에서 괜찮았느냐는 물음이 함축된 말이다. 엄마는 너무 비싼 메뉴를 시켰으며 내가 떡 선물을 준비한 일을 두고 결혼 초반부터 돈 많이 쓰지 말라는 잔소리를 하면서도 이렇게 끝맺었다.

"어머님이 널 정말 좋아하시는 것 같아서 다행이었어."

사돈을 처음 보는 자리이자 반대로 내 가족을 보여야 하는 자리. 어쩌면 '좋은 사돈'의 모습으로 가면을 써야 하는 자리일 수도 있었지만, 김의 가족은 특유의 낯가림과 함께

선한 웃음으로 우리 가족을 맞이해 주셨다. 우리의 결혼을
마음을 다해 축하해 주시는 순수한 어머님의 웃음으로.

엄마의 그 한마디 말을 듣고 나는 드디어 알아내었다.
김의 무해함은 어머님께 물려받은 것이구나. 계산적이지
않고 거짓 없이 솔직하며 상냥한 성격. 김에게는 그런 면이
아주 어릴 때부터, 아니 어쩌면 태어날 때부터 갖고 있던
성품이자 보고 자란 것이라 그렇게나 자연스레 묻어 나왔다.

김에게 이 말을 곧이곧대로 전했다. 넌 정말 어머님을
많이 닮았어. 어쩜 아들 둘을 다 그렇게 순하게 키우셨을까?
이에 관련해 이런저런 수다를 떠는데 김이 문득 이런 말을
했다.

"엄마 고생 많았지."

말문이 턱 막혔다. 그래, 그랬겠다고 말할 수밖에 없었다.
이 험한 세상, 때 타기 너무 쉬운 세상에서 순하디순한
아이들의 마음을 있는 그대로 지켜 내려면, 그리고
보드라워서 어쩌면 더 상처가 많이 났을 그 마음을 지켜
내려면 얼마나 많은 공과 노력을 들이셨을까. 김의 무해함이
그렇게 만들어졌다고 생각하니 새삼 그가 다르게 보인다.

내가 김과 결혼을 결심한 이유는 다 김의 어머님
덕분이다. 연애를 포기하고 내 맘대로 살던 내가, 마흔
살까지 결혼 안 하고 동생이랑 같이 살 것이라 선언하던
내가 김을 만나고 결혼을 결심한 까닭은 그가 무해한

사람이었기 때문이다.

연애와 결혼은 행복보다는 고난과 수행에 가깝다. 이 두 가지는 남과 남이 만나 굳이 하나가 되려는 일이라 혼자였으면 겪지 않아도 될 고통이 따른다. 그리고 사실 결론적으론 둘이 하나가 되지도 못한다. 공존이란 두 사람이 하는 수행의 집합체인 사랑을 평생 배워 나가며 '마지막까지 함께'라는 최종 과제를 해내기 위한 조별 과제에 가깝다. 그리고 이 조별 과제를 할 때 나의 파트너가 무해한 사람이란 사실은 인생에 엄청난 위로가 된다. 김이 어머님께 이 소중한 자산을 물려받았다는 사실을 알았을 때 나는 김과 결혼을 결심했다.

오늘도 어머님이 보내 주신 사과를 먹었다. 어머님의 사과는 시원하고 달콤하다. 자상한 김에게 잘해 준다며 예뻐해 주시는 것도 달콤하다. 그리고 졸린 눈으로 아침에 사과 한 알 까서 내어 주는 김도 달콤하다. 이 달콤함을 이제 나도 보고 배울 수 있을지 모른다는 상상도 달콤하다.

그림자와 손잡기

모든 것에는 앞과 뒤가 있다. 빛이 있으면 그림자가 생길 수밖에 없다. 우리는 누구나 그림자를 갖고 있다. 그러니 내게도, 김에게도 그림자가 있다. 그리고 우린 이 그림자를 서로 포개어 하나로 만들 수 있다. 우리는 각자의 그림자를 대하는 방법이 다르다. 나는 누가 먼저랄 것도 없이 스스로 조명을 비춰 가며 '나에게는 이런 면도 있어. 그래도 날 사랑하니?' 하며 쉴 새 없이 확인하려 든다. 나중에야 버림받는 건 싫다. 사실 나는 모두에게 그랬다. 상처를 훈장처럼 보여 주는 일, 자랑처럼 떠들어 대는 일이 나에게 자연스러웠다. 사랑만큼이나 이별도 빨리하는 게 좋다는 마음 반, 이런 모습에도 날 사랑해 주길 바라는 간절한 마음을 반씩 품고 해가 뜨기도 전에 내 그림자를 낱낱이 상대에게 보여 준다. 나의 어두운 면을 보여 주는 행위는 사랑하는 이의 신뢰를 얻는 일이라는 어리석은 생각을 하던 때가 있었다.

김은 나와 거의 반대인 사람이었다. 암흑 속에서 김의 그림자는 전혀 느껴지지 않았다. 오로지 김, 그가 보여 주는

모습만이 보였다. 하지만 해는 언제나 뜬다. 해가 뜨면
자연스레 김의 그림자가 진다. 그림자가 짧아질 때도 있고
유난히 길어질 때도 있다. 하지만 김은 피하거나 굳이 더
보여 주려 하지 않고 항상 제 속도로 걷는다.

존재했지만 어둠 덕을 봤던 김의 그림자를 마주했을 때
나는 당황했다. 이제는 모든 사람에게 장과 단이 있다는
사실을 아는 나이가 되었음에도 당황스러웠다. 처음 사랑에
빠진 이가 누구나 그렇듯. 김도 극단적으로 급한 나의 실체
공개 쇼가 당황스럽기는 마찬가지였다. 김이 가끔 "그만"
하고 외칠 때도 있었다.

어느 날 김은 작심한 사람처럼 보였다. 그러더니 자신의
가장 큰 치부를 나에게 말했다. 그날 밤 나는 김을 한참 안고
울었다. 그 뒤로도 가끔 사랑을 확인하려 드는 나를 가만히
지켜보던 김은 큰 숨을 들이켜고 아무 말 없이 조명으로
자신을 비춰 진한 그림자를 보여 주었다. 그런 김 앞에서
가벼이 내 신세 한탄을 할 수 없었다. 나는 김의 손을 잡고,
김은 내 손을 잡고 걸었다. 그림자가 같은 속도로 걷기
시작했다. 여전히 나는 빠르고 김은 느리지만, 그림자는
우리의 손과 손으로 연결되어 있다. 너무 빠르지도 않게,
너무 느리지도 않게 우린 손을 잡을 수 있는 속도를
유지하고 있다.

"나도 오빠의 모든 건 모르지. 그래도 공인인증서는 열

수 있어야 해.”

신뢰에 대해서 결혼한 영이의 입장은 어떤지 궁금했다. 영이도 상대의 모든 건 알 수 없다고 했다. 연애와 결혼이 다르고, 따로 살다 데이트를 하는 것과 아예 같이 사는 것이 다르다고 했다. 한 해 한 해 상대의 새로운 면을 만나고 있다고도 했다. 그리고 영이의 남편은 영이에게, 영이는 자신의 남편에게 공인인증서를 내주었다. 네가 원한다면 볼 수 있어. 공인인증서에 국한된 일만은 아닐 것이다. 하지만 그들은 “군이”라고도 말했다.

돌이켜 보니 가끔 김이 작정한 듯 자신의 단점이나 치부를 이야기해 주는 건 영이네의 공인인증서와 같은 게 아닐까 싶다. 내가 어떤 사람인지 네가 원한다면 언제든 말해 줄 수 있어. 더불어 최근 김은 난감한 내 질문에도 성심성의껏 솔직하게 답해 준다. 그런 그의 태도가 나에겐 열쇠고 비밀번호다.

영이를 비롯한 많은 이들이 상대의 뒷면을 군이 알아내려 하지 않았다. 그저 나무의 그림자가 생기고, 그 그림자가 짧아졌다 길어졌다 밤이 되면 사라지듯 상대가 보여 주는 모습 그대로를 받아들였다. 갈등은 있을지언정 서로를 놓지는 않았다. 김도 역시나 그랬다. 진짜 어른들의 사랑을 보여 주는 내 지인들을 보며 나는 또 사랑하는 법을 배웠다.

굳이 상처를 훈장처럼 내보일 필요는 없다. 누구나
갖고 있는 단점을 캐내서 굳이 이별을 앞당길 필요도 없다.
단점은, 그림자는 언제든 드러나기 마련이고 그때 치열하게
마주하면 된다. 아니 마주해야 알 수 있다. 우리의 그림자가
서로 이어질 수 있는지 말이다. 상대에게도 내 단점이
강력해서 치열하게 고민하는 순간이 분명 올 테니 나도
단단히 마음을 잡고 있어야 한다. 그리고 서로 이어지는
순간, 우리는 공인인증서 비밀번호와 같은 신뢰를 마음에
품게 될 것이다. 그건 완벽하지 않은 인간들이 사랑하는
아름다운 해결책이다.

결혼에 대처하는 우리의 자세

엄마는 내가 결혼을 늦게 하길 바랐다. 당신이 일찍 해서 아쉬운 게 많아 그런지(어디까지나 내 추측이다), 내가 최대한 늦게 하길 바랐다. 그런 엄마 앞에서 김과의 결혼 얘기를 하자면 어딘가 좀 으스스한 구석이 있었다.

동생은 이전에 내 전 남자친구가 맘에 들지 않아서 절대로 얼굴을 보지 않겠다고 선언한 적이 있었다. 그런 동생이 김을 보더니 좋은 사람 같다고 말했다. 동생에게는 결혼의 기역 자는 꺼낼 수 있었다.

아빠는 그냥 내가 행복하면 그만이라고 했다. 김이 집에 결혼 허락을 받으러 온 날, 아빠는 빨간 뚜껑의 소주를 두 병이나 들이켜고는 벌건 얼굴로 "오늘 잘했어" 하고 김의 어깨를 툭툭 두드려 주었다. 아빠가 할 수 있는 최대의 호감 표현이었다고 김에게 전해 주었다. 아빠에겐 결혼에 대해 마음껏 얘기해도 되겠다고 생각했다.

결혼을 준비하면서 김과는 한 번도 싸우질 않았는데, 엄마와는 전화했다 하면 뒤에서 눈물을 훔쳤다. 심약한 정신력에 소심한 심장이라 엄마에게 대놓고 말은 못했지만, 안 되는 게 많은 엄마를 보며 뭐가 그렇게 안 되는 게 많은가 서럽고 서러워서 김 앞에서 눈물만 뚝뚝 흘렸다.

기독교인 엄마가 절에서 날을 받자고 했다. 5월에 결혼을 원하는 나를 뻔히 알면서도 택일 받은 날 중 5월이 안 되면 10월로 미루라고 말했다. 내가 "그래도 5월이……" 하고 말끝을 흐리면 엄마는 내가 반박할 수 없는 강력한 말로 마무리 지었다.

"너네는 임신한 것도 아닌데 결혼을 왜 그렇게 서두르니?"

할 말이 없어지는 마법의 말이다. 그 말을 하는 엄마에겐 서늘한 날보단 따뜻한 날이, 장마가 끝날지 안 끝날지도 모르는 10월보단 5월이, 그나마 내가 덜 바쁜 5월이 낫지 않겠느냐는 말이 씨알도 안 먹히겠다는 예감에 멍해졌다.

그리고 사실 내가 하지 못한 말은 이거였다. 나의 우울증이 장기화될수록 나는 너무 불안했다. 돌봄이 필요한 게 분명한데, 부모님께 더는 기대기 싫었다. 부모님께서 이 말을 들으면 서운하실 수도 있지만, 더는 부모님이 인생을 내게 집중하고 쏟아 내는 걸 원치 않았다. 그리고 부모님 말고 기댈 수 있는 유일한 사람, 김은 서울에 있어서 주말에만 볼 수 있었다. 김의 서울 집 전세 계약이 끝나 갈 무렵, 나는 다시 서울에 집을 구하려는 김에게 울며 말했다.

"이런 말 하는 게 비겁한 건 아는데, 나는 정말 보호자가 필요해. 그래서 네가 우리 동네로 왔으면 좋겠어."

김은 이 말에 바로 우리 동네에 집 계약을 했다. 그게 지금 우리의 신혼집이다.

내가 급했다. 정말 솔직히 말하면 환기도 안 되고 좁은 나의 자취방 말고 내 작업실이 있는 김의 아파트로 얼른 가고 싶었다. 더불어 내가 힘이 없어서 밥을 건너뛸 때 저녁 같이 먹자고 말해 줄 김과 같이 있고 싶었고, 취침 전 약을 꼬박꼬박 챙겨 주는 김이 필요했다. 하지만 부모님께는 이 비겁한 진실을 차마 말할 수가 없었다.

다행히 5월에 결혼하고 싶어 하는 나를 눈치챈 아빠가 엄마를 다독였다.

"솔이가 행복하면 됐다."

이 말이 엄마의 말문을 막히게 했다. 그래서 결혼식장이 맘에 안 들어도, 결혼식 시간이 맘에 안 들어도, 맨날 질질 짜는 내가 맘에 안 들어도 엄마는 어쩔 수 없이 내가 5월의 신부가 되기를 허락하기로 했다.

하루는 엄마가 통화 중에 이런 말을 하셨다.

"내가, 네 결혼식에 로망이 있어."

엄마가 진짜 속마음을 꺼냈다.

"네 동생은 결혼할 생각이 없어 보이고……. 그럼 우리 집에서 결혼할 사람은 너 딱 하나잖니. 처음이자 마지막이 될 수도 있는 결혼식인데 엄마는 혼주 로망 좀 실현하고 싫었다."

　엄마의 그 말이 귀여워서 그간 베갯잇을 적셨던 건
생각도 못 하고 픽 웃어 버렸다. 그래. 혼수도 엄마가 말한
거기서 장만하고 가구도 같이 보러 가자. 그러자 엄마는
폐백에, 함에 알지 못했던 저 먼 시절의 전통까지 끄집어
왔다. 그건 김하고 상의해 봐야 한다며 후다닥 마무리했다.

　엄마는 끝까지 신혼여행을 크로아티아로 떠나는
우리를 못마땅해했지만, 우리 가족 중 내 결혼 준비에 제일
열심이었다. 동생은 내가 엄마와 통화를 끝내고 울 때마다
김 같은 남자와 결혼한다면 언제든 내 편이라 말해 주었다.
아빠는 엄마와 나 사이에서 가장 고통받는 사람이었을지도
모른다(이 자리를 빌려 아빠에게 정말 감사하다는 말을 전하고 싶다.
아빠 최고!). 김 역시 아무것도 아닌 일로 자꾸 울어 젖히는
나를 받아 주느라 고생을 꽤 했다.

　그렇게 나는, 우리는 결혼을 한다.

미안해하지 마, 엄마

내가 태어났을 때 지금의 내 나이보다 훨씬 어렸던 엄마는 어떻게 가능했는지는 모르겠지만 정말 큰 사랑을 내게 줬다. 그리고 우리가 나이가 들면서 항상 잊어버리는 사실이 있다. 엄마도, 나도 항상 까먹게 되는 것. 바로 한 살 한 살 나이를 먹을 때마다 우리 모두는 그 나이를 처음 겪는다는 점이다.

그래서 항상 사랑은 변해야만 한다. 연애할 때의 사랑도 설레는 사랑에서 편한 사랑으로 변해 가듯이 가족 간의 사랑도 점점 변해야만 한다. 생각해 보면 가족이 주는 사랑은 연인 간의 사랑과 반대인 양상을 보이는 듯하다. 편하고 주고받는 데 거리낌 없는 사랑에서 독립한 인간으로서 존중해 주고 새로운 모습에 적응해 나가는 쪽으로 말이다(하지만 진정한 가족의 사랑은 다른 모든 사랑을 통틀어 언제나 마르지 않는다는 점에서 차이가 있다).

엄마와 나도 서로에게 적응해 나가야 했다. 10년이 넘게 혼자 살았던 나는 차차 엄마가 주는 사랑과 다른 사랑을 찾았고, 엄마는 그런 나를 참 낯설어했다. 그래서인지 엄마는 자주 이런 말을 했다.

"결혼은 늦게 해. 아니면 안 하는 것도 괜찮아. 네가 뭐가
아쉬워서."

부모님이 주는 사랑과 지지가 충분하고 오히려 분에
넘친다는 점을 나는 잘 알고 있었다. 그리고 이 사랑이
정말 값진 보물이라는 점도 잘 알고 있었다. 그런데 나는
그 금은보화 속에서 도통 만족을 하지 못했다. 금은보화는
안전한 집 안에만 있었기 때문이다. 나는 항상 집 밖이
궁금했다.

내가 드디어 집 밖에 또 다른 내 집을 지었을 때 엄마는
매우 서운해했다. 정신을 차려 보니 이제 중년의 나이가
된 엄마에게 나는 어떤 언질이나 관심도 없이 내 세상을
만들어 나가는 데만 열중하고 있었다. 엄마도 이제 딸의
보살핌과 무조건적인 사랑이 필요한 나이가 되었지만 나는
당황스러웠다. 내가 엄마에게? 막연히 무서워졌다. 나도
엄마처럼, 아니 나를 가졌던 엄마보다 더 나이를 먹었지만,
그만큼의 사랑을 줄 수 없을 것 같았다.

엄마는 내가 완전히 독립하고 결혼을 앞두기 시작할
무렵 자주 화를 내고 힘들어했다. 내 세상과 엄마의 세상이
점점 멀어져 교집합의 공간이 좁아지자 불안을 느끼는
것 같았다. 내 태도 역시 엄마를 불안하게 만드는 데
한몫하기도 했다.

'엄마와 나는 다른 사람이야. 존중해 줘.'

말은 아꼈지만 온몸으로 강하게 외치고 있었기 때문이다.

그러다 하루는 내게 큰일이 났다. 전세 사기를 당한 것이다. 파산한 집주인이 내 돈과 부모님 돈을 합쳐 마련한 전세금을 들고 '잠수'를 해 버렸다. 엄마에게는 애써 담담하게 말했지만 정말 참담한 심정이었다. 그때의 상황으로는 도저히 원금도 회복할 수 없어 보였다. 나는 누가 봐도 바쁘게 움직였고 정보를 얻기 위해 무엇이든 공부했다. 그리고 너무 당연하게 엄마에게 도움을 요청했다.

"엄마, 엄마 저번에 의뢰하신 법무사님 있지? 연락드려서 내 상황 좀 전해 줄 수 있어? 나 혼자 하려니까 내가 아는 사람이 없어서."

엄마가 이어지는 내 구체적인 상황 설명을 듣더니 잠시 망설였다.

"엄마가 소개는 해 줄 수 있는데 네가 직접 연락해서 말하면 안 될까?"

당연히 '예스'라고 말하고 두 팔 걷고 나서 줄 줄 알았던 엄마가 이렇게 말하자 당황스러웠다.

"어? 어……. 당연하지."

그리고 이어지는 엄마의 한마디.

"엄마가 이제는 도와주고 싶어도 나이가 들어서 그런지

새로운 일을 이해하고 전달하는 게 힘이 드네. 미안해."

엄마는 당연히 내가 해결해야 할 일을 엄마가 해결해 주지 못해서 미안하다고 했다.

"아냐, 엄마. 당연히 내가 해결해야지. 미안하다는 말, 하지 마."

나는 그렇게 말하면서 퍽 슬퍼졌다. 이제 부동산 계약서에 사인을 하는 것도, 법무사를 찾아가 상담을 하고 의뢰를 하는 것도 모두 30대의 내가 해야 할 일이다. 그건 괜찮았다. 할 수 있었다. 하지만 내 앞에서 자기도 모르게 작아진 엄마가 너무 슬펐다.

내가 집 밖에 내 집을 짓고 그 안에 나만의 보물을 채워 넣어도 엄마에게 작아지지 말란 말을 꼭 해 주고 싶었다. 서운하게 여겨도 괜찮고, 화를 내어도 괜찮은데, 다만 당신을 작게 생각하진 않았으면 좋겠다. 내가 아무리 보물을 찾아 넣어도 태초부터 지금까지 엄마 아빠가 주었던 보물만큼 넉넉하고 빛나지 않기 때문이다.

특히 나는 안다. 지금 내 나이쯤의 엄마가 동생과 나에게 밥을 먹이고 옷을 입히고 잠을 재웠다는 사실만으로 대단한 일을 해냈다는 걸. 지금의 나는 내 몸 하나 건사하기도 힘든데 그 작은 몸으로 두 아이와 내조가 필요한 남편까지 챙겨야 하는 그 상황을 어떻게 견뎌 냈을까. 부모의 힘은 그래서 도무지 가늠할 수가 없다.

엄마가 그 시간을 버티고 나를 키워 냈다는 사실은 변하지 않는다. 그래서 나는 엄마가 내 앞에서 작아지지 않았으면 좋겠다. 그 야무지고 힘 있는 특유의 눈빛으로 나를 바라봐 주었으면 좋겠다. 그리고 엄마를 쏙 빼닮은 나는 이제 슬슬 엄마에게 사랑을 갚아 나갈 준비를 한다. 엄마가 당연하게 받아 주었으면 좋겠다.

자존감 지킴이

수가 한국에 왔다. 은과 나는 당연하게 수의 곁으로 모였다.
장장 다섯 시간 동안 우리는 밥을 먹고 커피를 마시면서 쉼
없이 떠들었다. 10년 전 그때처럼. 우린 여전히 말이 많고
여전히 웃음이 많았다.

은과 수는 가끔 내 꿈에 나온다. "여자 셋이면 한 명은
나가떨어지던데"라는 말로 시작되는 꿈이다. 만약 누군가
한 명 나가떨어진다면 그 사람은 분명히 나일 것이다.
나는 그 둘과 비교하면 자존감이 턱없이 낮고, 대책 없이
게으르기 때문이다. 그리고 꿈은 카페에 앉아 있는 은과
수를 보여 준다. 마치 내가 카메라인 것처럼. 그들은
배우이고, 나를 의식적으로 보지 않는 것처럼. 그걸 깨닫고
나면 나는 꿈속에서도 우울해지는데, 딱 그때 은과 수가
말한다.

"너 뭐해?"

덕분에 꿈의 끝은 항상 달콤하다.

우울증과 공황 장애가 왔을 때도 은과 수에게는 말할
수 있었다. 그들은 나의 우울증도 안아 줄 거라는 확신이

있었다. 그 확신은 10년 넘게 다져 온 것이라 쉽게 무너지지 않는다. 그리고 예상대로 은과 수는 누구보다 한없이 따뜻한 눈으로 나를 바라보았다. 10년 전 그때처럼.

전화벨이 계속 울린다.

"솔아, 오늘은 학교 나올 거지?"

취업과 나 자신을 포기하고 혼란을 겪던 때, 오히려 은과 수는 나를 포기하지 않았다. 누가 봐도 정신머리 없어 보이고 뿌연 상태였던 나를 챙겼다. 둘이 공부하고 있는 카페에 오라고 전화하고, 취업과 관련된 정보라면 나에게 아낌없이 주었다. 학교에 오면 잘했다고 칭찬하고, 나오지 않으면 푹 쉬라며 다독였다.

마지막 면접을 보고 결과가 나오던 날, 혹여나 내가 떨어졌을까 이미 취업이 결정된 은과 수가 숨을 죽이며 기다리고 있었다. 결과는 아침 9시에 발표된다고 했는데, 11시가 되어도 나에게서 연락이 없었다. 은과 수는 고민에 빠졌다. 먼저 연락해 볼까. 만약, 정말 떨어졌다면. 어떻게 위로를 전할까. 그때 내게서 연락이 왔다고 했다.

"애들아, 나 합격했어."

그들은 진심으로 기뻤다고 했다. 나를 위로하지 않아도 돼서. 같이 기뻐할 수 있어서 기쁘다. 은과 수가 그렇게 말했다. 당연히 떨어질 줄 알고 늦잠을 자다 일어나

비몽사몽 결과를 확인한 나보다 더 기뻐했다. 나의 합격을 유난하게 좋아하던 그들의 기쁨과 안도가 잠이 덜 깬 나에게 합격을 실감하게 해 줬다. 그들의 기쁨이 나의 합격 선물이었다.

나에게는 항상 은과 수를 기쁘게 만들고 싶은 욕구가 있다. 은과 수는 20대에 사춘기를 겪었던 나에게 끝없는 보살핌과 무한정의 믿음을 제공해 줬다. 엉망진창인 연애 속에서, 술과 맛없는 떡볶이로 채우던 하루에서, 게으르던 학업에서 그들은 내가 그 구렁텅이를 빠져나올 수 있다고 믿었다. 무엇이 그들을 믿게 했는지 모르겠지만, 그들은 나를 좋은 친구라고 믿어 주었다. 그 믿음이 장장 10년 가까운 시간 동안 내게 튼튼한 동아줄이 되어 주었다. 불효막심한 자식이 나중에야 효도하려 드는 것처럼, 나도 돌아보니 그때 내 곁에 남아 줬던 그들에게 기쁨을 주고 싶다.

하지만 은과 수에게는 내가 만들어 주는 기쁨이 필요 없다. 그들은 이미 자신의 행복을, 기쁨을 만드는 방법을 알고 있다. 그래서 아주 민망하지만, 나는 아직 그들의 관심과 보살핌을 받고 있다. 이들에게만큼은 숨기는 일 없이 솔직해지기로 한 뒤로 매번 징징대는 나를 이제는 피할 법도 한데, 내게 한없이 너그러운 친구들은 이야기한다.

"우리가 너의 자존감 지킴이잖아."

하루라도 더 빨리 너희에게 내 마음을 보여 줄걸. 나의 엉망진창인 마음은 쪽팔린 게 아니었다는 사실을 이들이 알려 줬다. 은이는 언제든 나의 전화를 받아 줄 수 있다고 했다. 수는 언제든 내게 잘하고 있다는 말을 줄 수 있다고 했다. 친구 사이의 정을 우정이라 하기엔 그 말이 너무 약하다. 나는 그들을, 그들은 나를 진심으로 사랑한다. 나도 너희에게만큼은 그럴 수 있다고, 나의 구원자들에게 말한다.

나는 부모님 품을 떠난 20대 이후의 사랑을 남자가 아닌 친구에게서 배웠다. 항상 흔들림이 없는 은에게서 사람에 대한 존중과 신중을 배우고, 언제나 사랑이 넘치는 수에게서 사랑을 아낌없이 주는 법을 배웠다. 사랑하는 나의 친구들 덕분에 나는 사랑할 수 있었다. 10년이 지난 이제야 그 사실을 말로 형용할 수 있게 되었다.

누군가를 지키는 힘은 아무나 가질 수 있는 것이 아니다. 그 상대가 혈육이 아니라면 더더욱. 그러나 그런 사랑은 존재한다. 그 사랑은 사람을 가르칠 수 있다. 사람을 만들 수 있다.

수와 B

"그럼 너네는 데이트를 어떻게 해?"

수에게 물었다. 수의 미국 남편이 미국 남자친구였을 때의 이야기다.

수는 B를 만난 후로 이전과는 다른 분위기를 풍겼다. 행복, 평안, 안정을 형상화한다면 딱 그때 수의 표정이 아닐까 싶을 정도였다. 수가 B의 이야기를 꺼낼 때까지만 해도 이런 전개는 전혀 예상하지 못했다.

수는 갑자기 얼굴도 보지 못한 남자를 보러 가겠다고 했다. 정확히 말하자면 텍스트와 음성만으로 쌓아 온 호감을 확신하며 그를 만나기 위해 그가 있는 미국에 가 본다고 했다. 솔직히 그녀에게 잘 다녀오라는 메시지를 보낼 수밖에 없었을 때 이메일과 모바일 메신저라는 익명성을 앞세운 범죄의 온상에서 수를 지키지 못한 기분이었다.

수는 은과 나의 걱정과 다르게 아주 멀쩡히 잘 다녀왔다. 돌아온 후 그녀의 표정을 보니 알 수 있었다. 정말 좋은 사람을 만난 게 분명했다. 그 길로 수의 연애를 조금만 걱정하기로 했다.

수와 B의 연애는 신기했다. 영어로 대화하는 것도
신기한데, 매일 몇 시간이고 화상 전화로 이야기를 나눴다.
그들은 얼굴을 보지 않아도 행복하다고 했다. 그리고
더 행복해지기 위해 종내에는 B가 미국에서의 생활을
정리하고 한국에 왔다. 그 과정을 옆에서 지켜보자니 세기의
사랑이었다. 그들에게는 서로가 가장 큰 행복처럼 보였다.

이 세기의 사랑에 감복한 적이 한 번 더 있다. 수가
이렇게 말했을 때였다.

"B는 알레르기가 있는 음식이 많아서 여기서는
외식하기 너무 힘들어."

"?"

머릿속에 물음표만 가득했다. 자동반사적으로 질문이
나왔다.

"그럼 너네는 데이트 어떻게 해?"

"요리해 먹지."

충격적이었다. 배신감도 들었다. 수에게 요리라고는
계란프라이가 전부인 줄 알았는데.

"그럴 수밖에 없어. 너희 음식 포장지 다 읽어 봐?
알레르기 있는 사람은 그거 잘 읽어 봐야 해. 거기에 '이
식품은 땅콩을 함유한 제품을 어쩌고저쩌고하는 데서 같이
생산함.' 이러면 그것도 안 되는 거야."

수가 전문가처럼 얘기했다. 할 말을 잃은 두 어린 양에게

그녀가 말했다.

"돈 많고 허우대 멀쩡한 또라이 만나느니 알레르기 있는 정상인 만나는 게 나아."

우린 서로의 연애를 모두 알고 있다. 그리고 우리가 거쳐 온 개고생 길도 잘 기억하고 있다. 그래서 은과 나는 더는 걱정하지 않고 수와 B를 응원했다. 여느 사랑과 같이 그들에게도 엄청난 시련과 고난이 찾아왔지만, 그에 굴하지 않을 만큼 견고한 그들은 마침내 결혼했다.

수는 다이아몬드 같은 아이였다. 특유의 반짝이는 웃음을 가진 그녀는 똑똑하기까지 해서 어디서든 주목받는 사람이다. 그래서였을까, 그녀의 이전 상대들은 그녀를 정말 다이아몬드로 생각하는 것 같았다. 사방에서 지켜봐도 아름다운, 시간이 지나도 변함없이 아름다운 다이아몬드. 하지만 그녀 역시나 명암이 있는 사람이다. 시간이 지나 그 당연한 사실을 깨달은 상대들은 그녀에게 상처를 주며 떠났다. 그에 반해 B는 좀 달라 보였다. 그는 처음부터 그녀를 '성깔 있는 예쁜 사람'으로 인식한 듯했다.

예전에 과제를 하는데 은과 내가 육두문자를 읊조리며 버틸 때, 자기 성질머리를 이기지 못하고 울며 뛰쳐나가 버린 수를 떠올려 본다. 어렸기도 했지만, 당시에도 그 꼬락서니를 보며 '저 성질머리를 당해 낼 자. 누구인가' 하고 생각한 적이 있는데, 그녀를 너무나도 부드럽게 받아 주는 사람이 저 미국에 있던 것이다. 그런 아량 넓은 B는 수에게 대단할 정도로 '정상적인' 사람이었다.

"저번에 보드게임 하다가 집 뛰쳐나간 일 말해 줬지?"

보드게임을 하다가 B에게 지자 현관문을 박차고 집을 탈출했다고 했다. 우린 '역시'라고 생각했으나 B는 어땠을까 궁금했다. B는 그대로 수를 따라 나가 조용히 분을 삭여 주었다고 했다.

"그게 우린 싸운 거야."

그 말에 나는 처음으로 '수가 남편에게 잘해야겠다'라는 생각을 했다.

며칠 전 오랜만에 수의 인스타그램에 게시물이 하나 올라왔다. 심하게 뒷북 느낌이 들었지만, 너무 예쁘게 만든 달고나 커피였다. 미국에 차린 신혼집 부엌에서 B가 갑자기 열심히 뭘 만들더니 수에게 줬다고 했다. 수가 메시지로 "그건 너무 예쁘고 쓴 커피였어"라고 말했으나 분명히 그녀가 만족했음이 태평양을 건너 느껴졌다. 수는 이제 '핫한' 거리를 헤매며 예쁜 카페를 찾지 않아도, 멋진 사진을 찍어 올리지 않아도 행복하구나. 그런 수가 나는 따뜻하게 부러워졌다.

또 다른 애도

엄마는 항상 김과의 연애를 부모의 연애보다 못하다고
생각했다. 또한 우리의 사랑을 부모가 주는 사랑보다 좀
수준 낮은, 어쩌면 틀릴 수도 있는 무언가로 여기는 것
같았다. 둘은 다른 건데도. 엄마의 그런 행동에는 딱 한 가지
이유가 있었다. 나를 사랑하기 때문이다.

"이제 너는 손님이야."

가끔 본가에 갈 때 엄마가 괜히 하는 소리다. 아빠도
신이 나서 거드는데 엄마의 말에는 뼈가 있다. 아빠는
오랜만에 온 딸내미를 놀리는 일을 재미있어하는
느낌이라면 엄마는 '까딱하다가 정말 손님 취급을 받는
수가 있다'라고 경고하는 느낌? 나는 그럼 오히려 바지를
배까지 올려 입고 드러누워서 게으른 시늉을 한다. '이런
손님이 어딨어. 여긴 내 집이야'라고 말하는 것이다.
엄마는 조금 만족하는 듯도 하지만 여전히 "아냐, 넌 이제
손님이야"라고 부정한다.

솔직히 엄마는 20대 때 내 독립과 동시에 마음의 준비를
했어야 했다. 나의 독립을 받아들일 마음의 준비를. 하지만

엄마도 자식 독립은 처음 시켜 보는 거라 내가 어쩔 수 없는
상황 때문에 독립했을 뿐이지 항상 돌아오고 싶어 한다고
믿었고, 나도 독립은 처음 해 보는 거라 당연히 엄마가
내 독립에 마음의 준비가 되어 있을 거란 큰 착각을 해
버렸다. 집은 떨어졌지만 언제나 하나라고 여기는 사람과
집이 떨어짐과 동시에 또 다른 세계를 만들어 버린 사람,
두 사람의 동상이몽은 다행히 큰 싸움 없이 하나인 척
사이좋게 지냈다.

그리고 김과 의외로(?) 1년을 넘긴 시점부터 엄마가
슬슬 불안해했다. 독립의 끝판왕 결혼이 어렴풋이 보이기
시작했기 때문이다. 결혼이라 함은 공식적으로 다른
'가족'을 이루는 일이다. 엄마, 아빠랑 동생, 나의 가족 말고,
김과 나의 가족. 그게 가시적으로 현실화하자 엄마에게는
'유부녀 진솔'을 받아들임과 동시에 그동안 엄마에게 착
붙어 있던 '딸 진솔'에 대한 애도의 기간이 필요해졌다.

엄마가 말했다.

"내년은 좀 이르지 않니? 내후년이 딱 좋지. 그래도
3년은 만나야지."

김과 만난 지 3년째가 되었을 때 엄마가 말했다.

"뭐하러 결혼을 일찍 하려고 해? 정말 할 거니?"

정말 할 거라 말하자 엄마는 택일을 받아 준다고 말만
하고 움직이지 않았다. 나의 단호한 결혼 선언 앞에서

엄마는 무표정한 얼굴로 있었다. 엄마의 무표정, 그건 부정하고 있다는 말처럼 느껴졌다. 엄마는 내가 10년 간 자취를 하고 다시 돌아올 줄 알았는데 기어이 결혼하는 게 못마땅한 듯했다.

그 상태에서 엄마에게 과정을 하나하나 허락받기란 정말 하늘의 별 따기였다. 코로나 상황이 진정된 후에 식장을 잡기가 정말 어려워서 빨리 잡아야 했는데 택일을 받아준다던 엄마는 움직일 생각이 없었다. 나는 답답해진 나머지 이제 내가 움직이겠다고 말했다.

"엄마, 택일 내가 받을까?"

엄마의 부정과 상관없이 결혼을 진행하겠다는 뜻이었다. 엄마의 부정은 김에 대한 부정이 아니라 나와 분리되고 싶지 않은 마음이라는 걸 알았기 때문에 나는 초강수를 두었다. 그 말에 엄마의 분노는 최고치를 찍었다. 엄마의 마음을 알았지만 나는 결혼을 하고 싶었으므로 어쩔 수 없었다.

"누가 결혼 반대한다니? 10월에 하면 될 걸 뭐하러 서두르려고 해?"

나는 그때 우울증이 심해지고 있어서 김과 결혼을 서두르려고 한다는 진짜 이유를 말할 수 없었고, 그저 꽃 피는 5월의 신부가 되고 싶다는 말만 반복했다. 눈물로 호소하는 내 앞에서 엄마는 결국 손발을 들었다.

　엄마는 이제 내 결혼의 동반자가 되기로 했다. 내
결혼 플래너를 자처했다. 아마도 그쯤부터 나의 결혼을
받아들이기 시작했던 것 같다. 택일도 같이 받았고, 혼수도
같이 보러 다니자 했다. 나도 "엄마. 내 드레스 보러
올래?" 정도는 말할 수 있게 되었다. 엄마는 표정에서 가끔
서운함을 비쳤지만, 가까스로 참고 있는 듯했다. 나에게는
그 모습이 마치 '그래, 네가 코로나 시국에 식장 잡기 얼마나
힘들었겠냐', '결혼식 시간은 정말 맘에 안 들지만 고생하는
딸을 생각해서 어른들이 양보하자'라고 스스로를 설득하는
것처럼 보였다. 타협을 시작한 것이다.

　하지만 앞서 말했듯 엄마는 여전히 애지중지 키운
딸이 결혼을 서두르는 것이 서운한지 이따금 가라앉아
있었다. 그런 엄마에겐 결혼을 준비하며 싱글벙글한 내가
못마땅하고 야속했을지도 모른다. 엄마를 떠나는 게 그리도
좋은가? 서운하다. 아마도 그것이 진실한 엄마의 마음일
것이다. 엄마는 타협과 동시에 우울해 보였고 그 때문에
혼란스러운 기색을 종종 내비쳤다.

　단단한 마음을 가진 엄마는 금세 김의 좋은 면을 봐주고
김을 가족으로 받아들여 주었다. 그와 동시에 이제는
결혼이 이별이 아니라 새로운 가족의 시작이라는 시선으로
봐주시는 것 같다. 다시금 이전의 못마땅한 기색이 불쑥
튀어나올 때가 있지만, 다행히 우리의 결혼을 부정하진

않으신다.

생각해 보면 결혼을 결정하고 나서 당사자인 나도 혼란스러웠는데 나와 제일 가까웠던 엄마의 마음은 오죽했을까. 부정할 수 없이 시간이 답이었고, 나는 엄마의 온전한 수용을 기다리고 있다.

나라고 엄마랑 다를 것 없다고 생각한다. 나 역시 나이가 들며 점차 무언가와 이별하거나 떠나보내는 일이 생길 것이다. 그게 무엇이 되었든 나도 엄마의 마음을 거치게 되겠지. 혼란스럽고 화가 날지도 모른다. 그때 엄마가 '네 나이 때 나도 그랬다'라며 지금처럼 같이 수다를 떨어 줬으면 좋겠다.

엄마랑 싸웠다

동생과 나는 부모님께 SNS를 하고 있단 말을 한 적이 한 번도 없다. 당연히 부모님은 우리의 계정을 모른다. 그리고 나는 SNS에 글을 써서 팔로워가 좀 늘었다. 출판 계약을 하게 됐고, 가족에게 그제야 글을 쓴다고, SNS에 쓴 글이 책에 실리게 됐다고 털어놓았다. 그리고 얼마 지나지 않아 내가 글을 올리는 SNS를 발견하고 구독을 신청한 엄마를 차단했다.

"왜 이 세상 사람들이 다 보는데 나만 안 된다고 하는 거니?"

"엄마는 가족이니까."

내가 생각해도 이상한 답이었다. 엄마는 나를 키웠던 온 시간이 부정당한 것 같은 기분이 든다고 했다. 그냥 내가 이런 글을 쓴다는 게 쪽팔려서 보여 주기 싫은 건데. 아, 이제 쪽팔리면서 글을 써야 하나. 아니 근데 이런 일로 왜 이렇게까지 싸워야 하지? 엄마는 그동안 나랑 너무 안 싸워서 이런 작은 일로도 서운한 게 아닐까?

"그럼 글 쓰는 걸 다시 생각해 볼게."

그 말은 엄마의 화를 더 돋웠다. 당신 때문에 그만둔다고 시위하는 것처럼 보였나 보다. 하지만 나에게 쪽팔리면서 글을 쓰는 건 정말 큰 문제였다. 첫째, 나는 엄마 앞에서 속내를 다 보여 주기가 싫었고, 둘째, 이런 내 글을 읽으면 엄마가 속상할 것이 분명했다.

가족을 내밀하게 알아 가는 일은 생각보다 힘든 일이다. 가장 가까운 존재의 사생활을 파헤치고 그 속을 들여다보는 일은 아프고, 의외의 사건의 연속이다. 가장 사랑하는 존재의 아픔을 바라는 사람은 없다. 그렇지만 과거의 아픔을 지니지 않은 사람도 없다. 엄마는 과거의 상처를 낱낱이 기록한 내 글을 보면 놀라고 아플 것이다. 나는 그래서 끝까지 엄마를 차단했다.

글을 삭제할까도 고민했다. 하지만 그곳에 쓴 글은 일종의 선언이었다. 솔직하게 내 아픔을 털어놓아야만 다시 그 과거로 돌아가지 않을 수 있을 것 같았다. 표현하지 않으면, 남겨 두지 않으면 나는 다시 바보 같은 과거로 돌아가리라 생각했다. 이 글들은 내가 혼자 있는 시간을 채워 줬다. 글을 쓰는 일은 혼자 있는 나를 외롭지 않게 다독였다. 그래서 단 하나의 글도 삭제하지 못했다.

더군다나 이제 내 책이 나오기 직전이다. 내가 쓴 글로, 내가 갖고 있던 단어로 쓰인 책이 만들어질 수 있다. 이 매력적인 일에 욕심이 났다. 이미 글을 쓰는 일을 사랑하게 되어 버렸다. 나는 이 고난과 역경에서 도망치기로 했다. 엄마에게서 꼭꼭 숨었다. 도망가 버렸다.

"미안해."

두 달여 만에 걸려 온 전화에서 엄마가 말했다. 내 두 사랑을 모두 지켜 준 이는 결국 엄마였다. 엄마는 갱년기가 심하게 온 것 같다고 했다. 아빠도 꼴 보기 싫고 자식이 둘 다 나가 살아서 연락도 없는 게 맘에 안 든다. 그 와중에 딸에게 차단을 당했다. 엄마는 폭발했다. 폭발했는데 딸은 도망갔다. 그것도 모르고 어쩔 줄을 몰라 침묵으로 일관했던 내가 미워졌다. 오열하며 엄마에게 얘기했다.

"나도 엄마한테 연락하고 싶었지(오열). 글도 계속 쓸 거야(오열)."

솔직히 원고를 쓰는 지금도 모르겠다. 만약 이 글들이 쌓이고 쌓여 책이 된다면, 실물이 된다면 나는 그걸 가족들에게 건넬 수 있을까.

음, 일단 오늘은 '못 한다'라고 결정하겠다. 엄마 미안. 그래도 나는 이 글을 멈출 수가 없고 엄마가 속상하지 않았으면 좋겠다. 아직 둘 다 포기가 안 된다. 만약 엄마가 이걸 봐도 안 삐쳤음 좋겠다. 그냥 읽고 안 읽은 척해 줬으면 좋겠다. 알겠지, 엄마?

서로의 보호자

결혼은 새로운 가정이 생기는 일이자 나의 보호자가
바뀌는 엄청난 일이다. 남자친구가 나의 보호자라고
말하긴 부끄러웠던 연애기가 지나고 공식적인 문서에 나의
보호자는 김이라고 쓸 수 있게 된 것이다.

　독립하고부터 나의 보호자는 누구였는가 기억을 더듬어
보았다. 30대가 되면서부터 보호자가 필요한 순간, 그러니까
정말 보호가 필요한 순간 부모님께 말하기가 꺼려졌다.
보호가 필요하다는 말은 내가 그만큼 불안한 상황에
부닥쳤다는 뜻이고 부모님에게 걱정을 끼치기에 나는
이제 30대였다. 그러나 보호자는 내게 꼭 필요했다. 어른이
되어도 아픈 것은 똑같고, 오히려 어렸을 때는 몰랐던
상황까지 겪어야 했다. 그럴 때마다 보호자가 꼭 필요했다.

　그리고 김과 오래 만나고 난 뒤 나는 깨달았다. 나의
보호자로 김이 딱 맞는다는 걸. 그리고 나도 김의 보호자가
되어 줄 자신이 있다는 걸.

　부모와 배우자, 둘 다 나의 보호자라는 점에서는
같지만, 둘 사이에는 아주 큰 차이가 있다. 부모는 내가

그들을 보호하지 않아도 나를 기꺼이 보호해 주는
사람들이지만(물론 뉴스를 보면 아닌 경우도 있는 것 같다)
배우자는 그렇지 않다. 나도 그의 보호자가 될 마음과
준비가 되어 있어야만 둘의 관계가 성립될 수 있다. 쌍방
보호 관계라고나 할까.

처음에 김을 나의 배우자감으로 점찍었을 땐 그저 그가
나의 위험하고도 아픈 시기마저 사랑해 주었기에 너무나
쉽게 결정했다. 하지만 김의 커리어에 인생이 태클을 걸어
오는 상황이 생기면서, 김에게도 번아웃이 왔다. 천성적인
성격상 이 모든 고비를 묵묵히 헤쳐 나가는 김이었지만
평소와 다르다는 게 여실히 느껴졌다.

"솔직히 네가 없을 때 한 번 울었다."

편지에 그렇게 적혀 있었다. 김의 상태를 알지도 못했던
나는 '마음이 아프다'라는 문자로밖에 표현할 수 없는,
하지만 그런 진부한 감정과는 거리가 먼 고통을 느꼈다.
그저 김이 마음이 단단한 사람이라 믿었던 나를 바보
같다고 책망하며 김에게 이유 없이 미안하다고 했다. 그리고
그런 나를 오히려 안아 주는 김을 보며 다짐했다. 나도 김을
지켜야겠다.

김을 지켜야겠다고 마음먹은 후로 나는 정말 김의
공식적인 보호자가 되고 싶어졌다. 그 뒤로 우리의 결혼
진행 속도가 빨라졌다. 결혼을 미뤘으면 하는 엄마 앞에서

나는 당당히 결혼을 원한다고 말할 수 있게 됐다. 평생 부모님 속 썩이는 걸 제일 싫어하는 내가 결혼 문제로 부모님과 부딪히면서까지 결혼하고 싶다고 주장할 수 있었던 건 정말 이유가 뚜렷했기 때문이다. 우린 서로가 서로의 보호자가 되고 싶었다.

하루는 회사 선배가 결혼과 관련해서 이런 말을 해 주셨다.

"결혼할 때 측은지심을 가질 수 있는 사람인지 봐. 측은지심. 그게 제일 무서운 거야. 배우자도 아마 지금까지 같이 살아왔으면 나한테 마음에 드는 점보다 마음에 안 드는 점이 더 많이 보일 텐데, 아직도 걱정해 주잖아. 쟤가 잘 살아야 될 텐데 하고. 그게 다 정이야."

선배가 우스갯소리로 자신을 낮춰 가며 해 준 말이긴 하지만 나는 적극적으로 동감했다. 나는 선배가 말한 측은지심이 아무나 측은히 여기고 잘 해 주는 사람을 뜻한다고 생각하지 않는다. 선배가 말한 측은지심은 자신의 배우자를 애틋하게 여기는 마음이다. 그리고 서로를 측은히 여기는 마음은 단발성으로는 쉽지만, 장기적으로는 매우 가지기 어렵다. 해가 거듭될수록 상대에게 나의 품이 들어가는 일이 다른 형태로 계속 생기기 때문이다.

김과 내가 결혼하기로 결심한 건 바로 그 이유 때문이다. 우리는 서로의 보호자가 되어 주고, 기꺼이 품을 써서 상대를 돌봐 주기로 마음먹었다. 부부. 다른 커플에게는 어떤 의미일지 모르겠지만 개인적으로 아픈 일을 겪었던 우리에게 부부란 나의 일을 솔직하게 말할 수 있는 사람이다. 나를 측은하게 여겨도 괜찮은 유일한 기둥이다.

　모든 인간은 죽음에 가까워질수록 책임질 일과 인생에 관한 고민이 점점 많아질 것이다. 아무것도 보이지 않고 아무도 답해 줄 수 없는 그 위에서 겁에 질려 무너질 수도 있고, 기꺼이 받아들이지만 두려울 수도 있다. 그때 손을 잡아 주는 사람이 있다면 더할 나위 없이 위로되지 않을까. 그리고 내가 누군가의 위로가 될 수 있다는 사실이 내 삶에 얼마나 긍정적인 영향을 주는지 나는 김을 통해 알았다. 그래서 우리는 서로의 공식적인 보호자가 되기로 했다.

신혼이지만 각방을 씁니다

결혼하기 전부터, 내가 들어갈 신혼집에 김은 내 방을
따로 마련했다. 둘 다 옷이 별로 없어서 옷방이 필요 없는
까닭이기도 했는데 김은 그 방에 내 책상과 책을 놓았다.

"여기가 네 작업실이 될 거야."

결혼하자는 말과 같은 의미였다. 김은 알고 있었다. 오랜
기간 침실과 거실, 주방 모두가 합쳐진 원룸에서 산 내가
품어 온 염원을.

하루는 김의 친구가 나에게 물었다.

"이제 같이 사니까 좋겠다. 둘이 퇴근하면 뭐 해?"

"같이 저녁 먹고, 각자 할 일 해."

"하긴 TV 안 됐다고 했지."

"응. 그래서 각자 방으로 가서 하고 싶은 거 해."

각자의 방으로 간다. 그 포인트에서 친구가 화들짝
놀랐다. 각자 방이 있어? 그게 필요해?

사실 밥을 같이 먹고 어쩌다 일주일에 한 번 정도
드라마를 같이 보는 때를 제외하곤, 우리가 여가를 같이
즐기는 시간은 많지 않다. 나는 퇴근 후에 글을 쓰거나 책을

읽고 재택 근무자인 김은 김대로 할 일이 많다. 그런 얘기를 모두 한 뒤 친구의 눈빛을 보니 이런 생각이 든다.

'우리 너무 정 없이 사나.'

하지만 이내 우리가 처한 특수한 상황이 우리를 이렇게 만들었음을 인정한다.

우리 신혼집에는 우리만 아는 비밀스러운 이름이 있다. '알쏘네.' 알고 보면 훈련 합숙소란 뜻이다. 우리가 꿈꿔 온 신혼이 완벽히 드러나는 이름이다. 우리는 각자의 작업실에서 각자의 커리어에 맞는 작업을 할 수 있는 신혼집을 원했다. 그래서 TV 대신 거실에 멋들어진 책장을 두었고 딱 반을 나눠 한쪽에는 내가 좋아하는 책을, 한쪽에는 김이 좋아하는 책을 꽂아 두었다(지금은 도서 수집광에게 지분을 많이 빼앗겼다).

김의 방은 누가 봐도 사무실같이 생겼다. 그리고 내 방은 사람들이 김의 방도 이렇게 꾸며 주지 그랬느냐는 반응을 내보일 정도로 아늑하게 꾸며져 있다. 양옆으로 붙어 있지만, 너무 다른 두 방에는 이유가 있다. 우리는 각자의 방을 절대 터치하지 않고 존중해 주기로 했다.

두 방은 각자의 주인을 닮았다. 나는 내 식대로 글을 쓰길 바라고 내 식대로 새로운 일을 자꾸 만들어 낸다. 김은 일을 이성적으로 처리하고 책임지는 일을 한다. 그래서 서로의 방에 왈가왈부하지 않겠다는 다짐은 각자의 커리어를 존중하겠다는 우리의 다짐과 같다.

그리고 이 두 개의 방은 우리의 시간에도 영향을 준다. 으레 신혼이라 하면 퇴근 후 달콤한 시간을 꿈꾸겠지만 알쏘네에선 어림도 없다. 함께 저녁을 먹고 한 시간 정도 하루에 있었던 일을 얘기하고 나면 우린 각자 할 일을 위해 방으로 쏙 들어간다. 한번 들어가면 잠들기 전까지 잘 나오지도 않는 편이다. 취침 시간도 각자 달라서 보통 출근을 위해 일찍 자는 내가 안방 침대에 누우면 김이 하루의 끝인사를 하러 오고, 가끔 약을 챙겨 주고 다시 일과 새벽에 즐기는 여가를 위해 안방을 떠난다.

물론 우리가 처음부터 이랬던 건 아니다. 회사 때문에 일찍 일어나고 일찍 자는 나와 느지막이 일어나 주로 오후와 새벽까지 일하고 취미를 즐기는 김의 신혼은 우리의 예상과 아주 달랐다. 이건 누구를 탓할 수 없는 문제였다. 우리는 이미 각자의 시간에 익숙해져 있었고 그걸 탓하거나 강요할 수도 없는 노릇이었다. 그래서 처음에는 아침에 자고 있는 김을 못마땅하게 바라보거나 저녁 먹을 시간이 다 되었는데도 작업실에서 나올 생각을 않는 김에게 짜증을 내면서 불만을 표출하기도 했는데, 그게 근본적인 문제 해결에 아무 도움도 되지 않는다는 사실을 이제 우리는 둘 다 너무 잘 알고 있었다.

"밥 먹을 땐 얼른 나올게. 아침에 같이 일어나 볼게."

"대신 밥 언제쯤 먹을 건지, 시간이 얼마나 필요한지 먼저 물어볼게. 새벽까지 일했으면 아침에 안 일어나도 괜찮아."

울고불고 짜증도 내 봤다. 결국 방에서 나와 식탁에 한데 앉아 머리를 싸맸다. 그리고 인정했다. 우리가 사랑하는 각자의 모습은 자기 일에 성실하고, 새로운 것을 배우려고 노력하는 모습이라는 걸. 우리가 참 많이 닮아 있다는 걸 인정하고 각 방의 시간을 인정해 주기로 했다. 부부라기보단 같이 사는 합숙소 동기로서의 마음이랄까.

그리고 중요한 한 가지. 우리의 방문은 언제나 열려 있다.

어쨌든 다 내 덕이다

〈줄리&줄리아〉라는 영화를 봤다. 주인공 줄리는 가정식
요리의 불모지였던 미국에 프랑스 요리를 널리 알린
전설적 셰프 줄리아의 레시피를 실제로 마스터하는 과정을
블로그에 올리며 대박이 났다. 각종 방송사의 인터뷰를
하게 되었고, 출간 제의도 받았다. 하지만 그 순간 전화가
울리고, 줄리아의 대변인이 말한다.

"줄리아가 줄리의 블로그를 탐탁지 않게 생각합니다."

가난한 생활, 평범한 공무원 생활에 지칠 대로 지친
줄리에게 활력을 넣어 준 건 줄리아의 레시피였다. 한 번도
만난 적이 없지만 줄리는 줄리아와 항상 함께라고 믿었다.
그랬던 줄리에게 청천벽력 같은 메시지가 날아온 것이다.
곧장 남편에게 이런저런 하소연을 하다가 줄리가 이렇게
말한다.

"날 구해 준 건 줄리아였어."

그러자 남편이 말한다.

"네 인생을 구한 건 너야."

그런 남편을 줄리는 꼭 안아 준다.

나의 가장 밑바닥. 축축하고 차갑고 어둡기만 한 밑바닥에 발이 닿았을 때 내 곁의 사람들은 내게 손을 내밀어 주었다. 많은 손이 나를 밝은 밖으로 끌어 올리기 위해 노력했다. 나는 많은 손을 잡아 보았다. 하지만 나를 놓지 않던 질기고 깊은 늪에서 내 발을 빼내어 올린 건 다름 아닌 나였다. 그래서 나는 다른 손만 기대하고 있으면 그 늪에서 절대 빠져나올 수 없다는 걸 안다.

하루는 친구가 말했다.

"나도 네가 그때 말한 그 병원에 가 보려고."

내가 정신과에 다닌다는 이야기를 듣고 친구도 용기를 내어 가 보기로 했다고 한다. 그 말을 듣자 처음으로 병원에 가서 대기하고, 문진표를 작성하고, 눈물을 찔끔 훔치며 상담실을 나왔던 때가 떠올랐다. 그 모든 망설임과 고민을 감내하고 자신을 위해 치료를 선택한 친구를 응원했다.

다른 친구는 최근 뼈아픈 이별을 겪었다. 살이 가늠할 수도 없이 빠졌고, 매일 마음이 아프다고 말하며 그와의 재회 앞에서 갈등한다. 헤어짐이 뻔한 인연을 놓지도, 잡지도 못한 상태로 자신의 진짜 마음조차 알지 못하는 눈치다. 나 역시 그에게 손을 내밀지만, 그 손을 잡고 함께 걸을지, 내 손을 놓고 다른 선택을 할지는 본인에게 달렸다는 걸 알아서 그냥 곁에 있어 주기만 할 뿐이다.

그리고 나는 김과 만나며 일도 사랑도 어느 정도 안정을 되찾고 있다. 친구들과 가족들 모두 지금 얼굴이 훨씬 좋아 보인다고, 내 얼굴에서 안정이 보인다고 말할 정도다. 스스로 돌아봐도 우울증을 한창 겪었을 때보다, 아니 그냥 예전으로는 절대 돌아가고 싶지 않을 만큼 상황이 아주 나아졌다고 생각한다. 그래서 내게 안정을 선사해 준 내 곁의 친구, 가족 그리고 김에게 감사하다. 그럼에도 역시 내게 가장 고맙다.

우울이 바닥에서 나를 잡아당길 때 나는 병원에 갔다. 정신과에 가면 보험도 들기 쉽지 않고 앞으로 직장 커리어에도 지장이 있을 거라던 걱정 어린 목소리를 무시하고 나는 아직도 병원을 꼬박꼬박 잘 다니고 있다. 덕분에 가장 우울하고 길던 밤에 쉽게 잠들고 아침엔 명상한 뒤 일기를 쓰며 하루를 시작하는 활력을 되찾았다.

나는 나의 배우자로 다정한 김을 선택했고 김이 사업을 한다는 소리에 곱지 않은 시선으로 바라보는 사람들을 깔끔하게 무시했다. 김이 그런 기준으로 판단하는 가치보다 훨씬 더 중요한 가치를 가진 사람임을 알고 있기 때문이다.

직장에 잘 다니다가 글을 쓴다는 이야기에 놀라던 사람들의 목소리를, 글쓰기가 더는 밥이 되지 않는다는 목소리를 무시했다. 글쓰기는 내 숨 쉴 구멍이라 이것마저 없다면 나는 버틸 수가 없다.

이 모든 건 내가 선택하고 내가 헤쳐 나간 길이다.

덕분에 나는 살았다. 내 인생은 내가 구했다.

　나는 아직도 행복을 좇는다. 불행한 건 아니지만
내가 이룰 수 있는 행복이 더 있을 거란 희망이 있다. 그
행복이란 게 막 대단한 것도 아니다. 원고 하나 더 쓰는 것,
아침에 약과 따뜻한 차 한 잔을 마실 수 있게 오 분만 일찍
일어나는 것, 운동할 때 조금만 더 무거운 무게를 드는 것 등
아주 사소한 일들이다.

　어렸을 때 행복이란 막연하고 대단한 건 줄 알았는데
지금 보니 내 행복은 손에 잡힐 만큼 작지만 소중하고 귀한
것이었다. 이 작은 행복을 내 마음에 하나씩 쌓아야 비로소
행복한 내가 완성된다는 사실을 알았다. 그리고 불행이
찾아왔을 때 쌓아 왔던 나의 행복만이 나를 다시 위로 올려
준다는 것도 이제야 알았다. 내가 만든 내 행복들이 나를
점점 위로 올려 준다.

　가끔 인생의 밑바닥 혹은 그 언저리에서 자신을 건져 내
줄 무언가를 찾는 사람들 혹은 빠져나온 그 공을 타인에게
돌리는 사람들을 본다. 하지만 그들에게 꼭 말해 주고 싶다.
내 인생은 내가 구하는 거다. 당신 곁에 있는 사람들에게
당연히 고마워하는 것처럼 자신에게도 고마워하라고, 지금
잘되고 있는 거 모두 당신, 자신 덕분이라고 말이다.

내가 사랑을 하는 이유

"그런데도 사랑을 선택한 거잖아."

"그렇지."

"왜 그렇게 됐다고 생각해?"

오랜 기간 나의 글을 봐 주던 친구와의 대화다. 친구는
내가 그 고통을 겪고도 왜 결국, 사랑을 선택했는지 알고
싶다고 했다. 나도 의문이었다. 내가 뭐가 좋자고 다시
사랑을 선택했는지.

그때는 제대로 답을 하지 못했지만, 다시 한 번
"그런데도 왜 사랑을 선택하셨나요?"라고 누군가 묻는다면
이렇게 답하고 싶다.

"사랑은 나를 더 성장하게 만들어 줘요."

나는 내가 결국 사랑을 하는 이유가 단 한 가지 때문이란
결론을 내렸다. 나는 나를 위해 사랑을 선택했다.

언제 가장 많이 성장했을까? 올이 언니와 이런 대화를
나눈 적이 있었다. 우리가 그토록 치열하고 한편으로는
저열한 연애와 이별을 겪었기 때문에 지금 제 나이에
맞는 정신적 성숙을 이루어 냈는지도 모르겠다고 말이다.

세상에는 너무 많은 사람이 있고 저마다 가진 사랑이 모두 다르다. 우리는 그 사람들을 만나 사랑을 했다. 그리고 그 사랑만큼 성장했다고 믿는다.

사랑은 여기서 더 성장할 수밖에 없게 만든다. 매년 아니 매일 다른 얼굴을 하고 있기 때문이다. 나는 김과 함께하며 매일 그의 다른 얼굴과 다른 사랑을 본다. 그리고 그에 맞는 사랑을 줄 수 있도록 유연하게 대처하는 법을 배운다. 더는 울고불고하며 사랑을 구걸하는 어린애처럼 굴지 않기 위해 부단히 노력하면서 김에게 맞는, 그리고 나에게 맞는 우리의 사랑을 찾아 나가려고 한다. 나는 그에 함께하려는 김의 모습이 맘에 들어 사랑을 택했다.

반대로 나를 성장시킬 수 있는 건 꼭 연애와 결혼만이 아니라고도 말해 주고 싶다. 반려견을 향한 사랑, 가족을 향한 사랑, 일을 향한 사랑 등 다른 것에 대한 사랑 역시 우리에게 성장을 가져다준다. 그럼에도 불구하고 내가 김과 결혼을 하게 된 데는 또 다른 이유가 있다.

삶에는 꽤 많은 사건이 수없이 일어난다. 좋은 일도 많이 일어나지만, 나쁜 일도 그에 못지않게 작고 크게 일어난다. 그렇다고 비빌 언덕으로 사랑이 필요하단 말을 하고 싶지는 않다. 사랑이 가져오는 갈등과 고난도 만만치 않으니 말이다. 그러나 내가 사랑을 말하는 이유는 사랑이 끝없이 생을 흐르게 만들기 때문이다.

내가 가장 좋아하는 노래 중 하나인 이상은의 〈비밀의 화원〉에는 이런 가사들이 나온다.

"하루하루 조금씩 나아질 거야, 그대가 지켜보니. 힘을 내야지 행복해져야지, 뒤뜰에 핀 꽃들처럼."

"비둘기를 안은 아이같이 행복해 줘. 나를 위해서."

가사에 나온 것처럼 사랑은 고난과 갈등 앞에서 내가 행복할 이유를 만들어 준다. 사랑은 "당신이 지켜보니 힘을 내야지. 당신도 나를 위해서 행복해 줘"라고 말할 수 있는 상대를 만들어 준다. 내 어깨에 손을 얹어 줄 사람이 생기고 내 등을 내어 줄 사람이 생긴다. 나는 그 기적이 내 삶을 멈추지 않고 흐를 수 있게 만든다는 걸 알아서 쉽게 사랑을 놓지 못했다.

대신 사랑은 내가 기대어 쉴 수 있는 어깨임과 동시에 나 또한 그가 젖지 않게 우산이 되어 주기도 해야 하는 것이다. 한쪽으로만 기능하는 사랑이라면 나는 그건 사랑이 아니라고 확신할 수 있다. 사랑을 받고 사랑을 줄 수 있어야 한다. 주고받음을 모두 할 수 있을 때 나는 그걸 사랑이라 말한다. 그 사랑만이 내 삶을 흐르게 만들 수 있다.

특히 내가 우산이 되어 주는 사랑은 나 자신을 사랑하게 만들기도 한다. 하찮고 별 볼 일 없는 내가 누군가에게 힘이 되어 줄 수 있다니 그 기적을 보고 있으면 괜히 마음이 든든하다. 누군가에게 내가 필요하다는 사실은 내게 나의 존재 의미를 가져다준다.

안타깝게도 아침의 공기가 날마다 다르게 느껴지고 상대에게 설레 가슴이 두근거리는 사랑은 그다지 오래가지 않는다는 사실을 말해 주고 싶다. 내 아침은 여전히 힘겹고 짜증스럽다. 가끔 햄 한쪽을 놓고 김과 기 싸움을 하는 유치한 순간도 있다. 그래도 이제는 화장하거나 꾸민 얼굴보다 수염이 덥수룩한 김의 얼굴과 맨숭맨숭한 나의 민얼굴이 서로에게 더 익숙하다.

아이러니하게도 이때 사랑은 우리의 삶을 한 번 더 흘러가게 만든다. 설렘은 과거의 영광으로 두고 익숙한 사랑도 사랑임을 인정하고 서로에게 더는 끊을 수 없는 정을 나누게 한다. 그리고 지금까지 올 수 있음에 감사할 때 사랑은 우리를 다른 차원으로 흘러가게 만든다.

그래서 나는 사랑을 선택했다. 사랑을 하는 인생은 끝없이 흐르니까.

내가 미운 날도, 내가 애틋한 날도

초판 1쇄 인쇄 2024년 2월 26일
초판 1쇄 발행 2024년 3월 5일

지은이 진솔

편집인 이기웅
책임편집 한의진
외주편집 이경민
편집 안희주, 주소림, 김혜영, 양수인, 이원지, 오윤나, 이현지
디자인 박세리
책임마케팅 김서연, 김예진, 박시온, 김지원, 류지현, 김찬빈, 김소희, 배성원, 박상은, 이서윤
마케팅 유인철
경영지원 박혜정, 최성민, 박상박
제작 제이오

펴낸이 유귀선
펴낸곳 ㈜바이포엠 스튜디오
출판등록 제2020-000145호(2020년 6월 10일)
주소 서울시 강남구 테헤란로 332, 에이치제이타워 20층
이메일 odr@studioodr.com

ⓒ 진솔

ISBN 979-11-93358-71-9 (03810)

스튜디오오드리는 ㈜바이포엠 스튜디오의 출판브랜드입니다.